dtv

»Das Gemälde hing wieder im Flur, genau an der Stelle, wo er es einst aufgehängt hatte. Drei Monate später war sie gestorben. Damals hatte er es nicht ertragen, es weiter anzusehen, doch jetzt wärmte es sein Herz. Es machte etwas mit Carl-Johann, das er sich nicht erklären konnte …«
Zehn Jahre lebte Carl-Johann Gustafsson (81) zurückgezogen, doch das soll sich jetzt ändern. Gemeinsam mit der Familie will er Weihnachten auf seinem Landgut verbringen, wie früher. Seine Kinder und Enkelkinder folgen der Einladung nur zögerlich. Aber niemand will etwas verpassen, und wer weiß, möglicherweise wird ja das Erbe verteilt. Am Ende wird es dann doch noch weihnachtlich, und dafür sorgt nicht nur der Hausdiener Alfred, die gute Seele des Hauses. Auch der Weihnachtsmann schleicht ums Haus …

Lars Simon, Jahrgang 1968, hat nach seinem Studium lange Jahre in der IT-Branche gearbeitet, bevor er mit seiner Familie nach Schweden zog, wo er als Handwerker tätig war. Heute lebt und schreibt der gebürtige Hesse wieder in der Nähe von Frankfurt am Main. Lars Simon ist ein Pseudonym.

Lars Simon

Gustafssons Jul

Eine schwedische Weihnachtsgeschichte

dtv

Von Lars Simon
sind bei dtv außerdem erschienen:
Elchscheiße (21508)
Kaimankacke (21554)
Rentierköttel (21609)
Lennart Malmkvist und der ziemlich seltsame Mops des Buri Bolmen (21651)
Lennart Malmkvist und der ganz und gar wunderliche Gast aus Trindemossen (21704)

Auf Seite 175 findet sich ein Familienstammbaum.

MIX
Papier aus verantwortungsvollen Quellen
FSC® C083411

Originalausgabe 2017

Dieses Werk wurde vermittelt durch die Literarische Agentur Thomas Schlück GmbH, Garbsen
Umschlaggestaltung und Gestaltung des Familienstammbaums im Innenteil: Katharina Netolitzky/dtv
Satz: Druckerei C.H.Beck, Nördlingen
Gesetzt aus der Minion 10/13,5˙
Druck und Bindung: CPI – Ebner & Spiegel, Ulm
Gedruckt auf säurefreiem, chlorfrei gebleichtem Papier
Printed in Germany · ISBN 978-3-423-21695-1

Prolog

Sie glauben nicht an den Weihnachtsmann? Selber schuld. Versuchen Sie es doch einmal. Kommen Sie! Nur ganz kurz. Stellen Sie sich einfach vor, Sie würden am frühen Abend des 22. Dezember, warum auch immer, mit in seinem Schlitten sitzen. Erstaunt ob der Tatsache, sich überhaupt mit ihm in luftiger Höhe zu befinden, würden Sie während des erhabenen Gleitflugs, den der weißbärtige und erstaunlich schweigsame Mann zwei Tage vor seinem großen Auftritt stets noch einmal probt, nach unten blicken.

Und kaum etwas erkennen.

Denn es herrscht dichtes Schneetreiben. Und es ist bereits seit Stunden dunkel. Außerdem ist es wirklich saukalt.

Stellen Sie sich weiter vor, Kräfte, so heilig und wundersam wie die Aura des bevorstehenden Festes selbst, hätten gewisse physikalische Gesetze für nichtig erklärt – und Rentiere und Schlitten könnten fliegen. Wäre doch denkbar, oder? An Weihnachten ist ja bekanntlich alles möglich.

Sie sähen also unter dieser Prämisse noch einmal nach unten und würden auf einer kleinen Halbinsel am Mälarenufer, nicht einmal fünf Rentierschlittenflugminuten vom Städtchen Stallarholmen entfernt, ein selbst aus dieser Höhe ausladend wirkendes und dezent illuminiertes Hofgut namens Riksgården entdecken. Dann die holprige Straße, die dorthin führt. Genau genommen ist es mehr ein Kiesweg.

Und dieser Kiesweg windet sich durch den dichten Forst, der ebenfalls zum Anwesen gehört, und wirkt, als hätte man dort seit Menschengedenken keinen Baum mehr gefällt; die Stämme dicht an dicht, die Wipfel verschneit, das Unterholz tiefschwarz und voller uralter Geheimnisse.

Die Reifenspuren der Autos, die dort schon vor geraumer Zeit entlanggefahren waren, kann man bereits nicht mehr erkennen – ausradiert von schneeweißer Zauberhand. Dass Sie trotzdem um die Spuren wissen … nun, so ist das eben im Schlitten des Weihnachtsmannes.

Der Alte würde Ihnen einen Blick zuwerfen, Ihnen kurz zuzwinkern und dann die Flugfahrt verlangsamen und in sanften, enger werdenden Kreisen niedergehen, um schließlich in sicherer Entfernung vom Gutshaus zu landen. (Es würde einer Katastrophe gleichkommen und schwer an seiner Reputation kratzen, wenn man ihn zufällig entdeckte.)

Nach der Landung würde er sich mit einem Rundumblick davon überzeugen, dass es für seine Zugtiere keinen Grund gibt, unruhig zu werden. Dennoch würden sie schnauben und die Hälse schütteln, dass ihnen der Schnee nur so vom Fell stiebt. Sie würden tippelnde Schritte machen – vor und zurück, und ihre Rentiersehnen würden dabei knacken – *grk, grk, grk*.

»Das ist das Gut von Carl-Johann Gustafsson«, würde der Weihnachtsmann mit einem Mal brummen und dabei auf eine doch recht unweihnachtliche Art zu dem Anwesen hinübernicken, das hinter der dichten Flockenwand lediglich schemenhaft zu erkennen wäre. »Seine Familie ist zu Besuch. Ich spüre Vorwürfe, Schuld, Neid, Trauer und lange vergessene Liebe. Alles verdrängt. Lachhaft!«, würde er weiter kopfschüttelnd grummeln und die rot gefärbten wildledernen Fäustlinge höher ziehen, die, wie der Kragen seines Mantels, mit weißem Pelz verbrämt sind.

Stellen Sie sich schließlich vor, Sie würden gemeinsam mit dem Weihnachtsmann aus dem Schlitten aussteigen, gingen ein paar Schritte auf das Haus zu und könnten – ganz kurz nur – einen deutlicheren Blick auf den alten Gustafsson erhaschen, da just in diesem Augenblick eine Sternschnuppe am Himmel gleißend hell verglüht.

Hinter Ihnen würden derweil die Rentiere immer unruhiger. Vielleicht spüren sie in diesem Augenblick, dass ihr Herr, der Weihnachtsmann, auch keine rechte Lust hat, länger als nötig an diesem Ort zu verweilen – sagt man nicht: »Wie der Herr, so's G'scherr«?

Und so verlässt Sie der Weihnachtsmann und sitzt im selben Moment schon wieder im Schlitten. Er hebt seine Hand zum Abschied, schnalzt mit der Zunge und fliegt davon. Die Schlittenglöckchen verklingen leise im Flüstern der Schneeflocken.

Neben der Erinnerung an seinen letzten beinahe mitleidigen Blick und an ein rotbackiges Lächeln hinter schlohweißem Vollbart bleiben Ihnen Zweifel, ob Sie wachen oder träumen.

Und die leise Hoffnung, dass etwas Wunderbares an diesem Weihnachtsfest geschehen könnte.

Aber wir wollen ja nicht vorgreifen …

Erste Vorboten der Weihnachtszeit

1

Auf dem sakralen Ölgemälde eines niederländischen Meisters aus der Mitte des achtzehnten Jahrhunderts schwebte eine Schar heilig strahlender Engel und Putten über den Wipfeln der Bäume, aus denen sie aufgestiegen zu sein schienen. Der Holzrahmen des Bildes war wuchtig, mit reichen Verzierungen versehen und mit Blattgold belegt. Beinahe verschwenderisch, auf jeden Fall opulent. Die Szenerie wirkte zuerst düster, doch je länger man davor verweilte, desto mehr erhellte sie auf eine eigentümliche Art und Weise das Gemüt, rief eine unerklärliche Geborgenheit im Betrachter hervor.

Zu Füßen der Engel duckten sich erschrockene Wanderer, die ehrfürchtig ihre Blicke abwendeten. Im Hintergrund sah man eine Familie in einem hölzernen Unterstand, den sie sich mit Ziege, Schaf und Esel teilte. Der Vater deutete mit ausgestrecktem Arm zum Himmel empor, zeigte seinen Kindern, die von der Mutter umarmt und beschützt wurden, das Wunder, das sich dort direkt vor ihren Augen zutrug. In der anderen Hand hielt er eine Ölleuchte. Auffallend war, dass sie nicht brannte. Dieser Umstand wollte nicht so recht zu dem Bild passen.

Es hätte in diesem riesigen Landgut mit Sicherheit mehr als eine Stelle gegeben, wo man das Gemälde durchaus angemessen hätte präsentieren können, aber es existierte nur eine einzige, wo es wirklich hingehörte. Carl-Johann Gustafsson hatte es nach dem Tod seiner Frau von dort abgehängt und eingemottet wie einen nutzlosen Sommermantel, der einen bloß tagtäglich schmerzhaft daran erinnerte, dass es längst zu kalt geworden war und die Blumen aufgehört hatten zu blühen. Er hatte das Kunstwerk bedächtig und mit der gebotenen Sorgfalt in eine graue Wolldecke gewickelt und zusammen mit großen Teilen seiner Lebensfreude auf dem Dachboden eingelagert, wo es zehn Jahre lang schlief.

Sein alter Hausdiener, Alfred, hatte es ihm in Erinnerung gerufen, indem er es unaufgefordert in den Flur gestellt hatte, direkt vor das Kaminzimmer. Er habe den Dachboden seiner turnusmäßigen Inspektion unterzogen, hatte Alfred erklärt, auch um zu überprüfen, ob die Lichterketten für die in Bälde anstehende alljährliche Advents- und Weihnachtsdekoration alle noch vollständig leuchteten. Dabei sei ihm eingefallen, dass dieses Gemälde an und für sich hervorragend in die beginnende Festzeit passen würde. Schließlich sei darauf eine glückliche Familie zu sehen. Und Engel. Mit diesen Worten hatte sich Alfred mit der ihm eigenen tonlosen Zurückhaltung für seinen Kompetenzübertritt entschuldigt, und Carl-Johann Gustafsson war ihm – warum auch immer – nicht böse gewesen.

Nun hing das Gemälde wieder schräg gegenüber dem Kaminzimmer, exakt an der Stelle, wo er, Carl-Johann, es einst aufgehängt hatte. Drei Monate danach war sie gestorben. Und er hatte nicht mehr ertragen, es an der Wand zu sehen. Doch jetzt erfreute es wieder sein Herz, wann immer er daran vorüberging. Er musste es nicht einmal betrachten – er kannte es in- und auswendig –, es genügte ihm, darum zu wissen.

Seitdem geschah mit Carl-Johann Gustafsson etwas, das er sich nicht erklären konnte. Eine angenehme Wärme stieg in ihm auf und begann, ihn mehr und mehr zu erfüllen. Gleichzeitig aber fühlte er eine ungestillte Sehnsucht in sich wachsen, die er sich noch weniger erklären konnte.

Immer wieder in den letzten Wochen war er an vergangene Zeiten erinnert worden. Ob vom Wein beflügelt, den Alfred ihm zum Abendessen servierte, oder von den *Köttbullar*, den Fleischbällchen, welche Köchin Magda so unübertroffen zuzubereiten wusste und die seine Frau so geliebt hatte. Sogar in der Musik, die Carl-Johann Gustafsson stets zum Frühstück zu genießen pflegte, hatten sich Stücke gefunden, die von so weit weg zu erklingen schienen, dass er kaum noch wusste, wann er sie zum letzten Mal gehört hatte. War es zu Susannas Konfirmation gewesen? Oder zu der Feier, die er ausgerichtet hatte, als er sich aus dem Geschäft zurückgezogen und das Heft an seine Söhne, Stefan und Magnus, übergeben hatte? War es zu Ingemars Geburt gewesen? Später? Früher? Er konnte es nicht mehr sagen.

Was er hingegen sagen konnte, war, dass es in ihm rumorte. Nein, schlecht ging es Carl-Johann Gustafsson nicht – er schlief sogar besser als sonst –, aber ihm war, als habe er vergessen, etwas Wichtiges zu erledigen, nur wollte ihm partout nicht einfallen, was es denn sein könnte.

Bis er eines Tages geboren war, dieser Entschluss, der ihn endlich aus seiner Nachdenklichkeit befreite. Er zeigte sich unvermittelt, einige Zeit nachdem Alfred das Bild vom Dachboden herabgeholt hatte.

Es war ein herrlicher Morgen gewesen, an dem Carl-Johann Gustafsson einen Spaziergang unternahm. Die Sonne stand noch tief und ließ ihre Strahlen beinahe waagrecht in die Wälder von Riksgården und die sich langsam auflösenden Nebel über dem Mälaren fallen.

Er hielt unvermittelt inne und stützte sich mit beiden Händen auf den silbernen Knauf seines Gehstocks. Tief und ruhig atmend legte er den Kopf in den Nacken. Versonnen blickte er hinauf in das endlos scheinende Blau des Himmels; lediglich ein paar kleine Wattewolken schwebten vorüber.

Eine ganze Weile stand er so da, verharrte und horchte in sich hinein, lauschte seinem Puls.

Und dann lächelte er.

Breiter und breiter wurde sein Lächeln, bis er in schallendes Gelächter ausbrach.

In diesem Augenblick nämlich war Carl-Johann Gustafsson eine ganz wunderbare Idee gekommen. Ein herrlicher Plan, wie er der Trauer, die sich seit dem Tod seiner geliebten Frau in ihm breitgemacht und ihn von seiner Familie entfernt hatte, etwas entgegensetzen konnte. Warum war ihm alten Narr das nicht schon viel früher eingefallen?

Beinahe hätte er sich vor Freude auf die Schenkel geschlagen, wäre auf den Waldboden gesunken und hätte das kalte, feuchte Laub über sich geworfen wie ein kleiner Junge. Doch der Arzt, der selber dermaßen gebrechlich aussah, als würde er in Kürze und noch weit vor seinem langjährigsten Patienten das Zeitliche segnen, hatte ihm strikt davon abgeraten, die rheumatischen Gelenke dergestalt und über Gebühr zu belasten.

Darum beherrschte sich Carl-Johann Gustafsson und wandte sich zum Gehen. Zurück in Richtung des alten Gutshauses, woher er vor einer guten halben Stunde erst gekommen war.

Mit einem Mal war ihm so leicht ums Herz wie schon seit Ewigkeiten nicht mehr. Lange hatte er sich nicht mehr so jung und lebendig gefühlt. Vielleicht, dachte er, war das einer der wenigen Tage, die es wert waren, sich zum frisch gebrühten Morgenkaffee einen schottischen Single Malt mit einem Tropfen Wasser zu genehmigen. Oder sogar zwei – Whiskys natürlich, nicht Wassertropfen!

2

Stefan Gustafsson stand mit prüfendem Blick über ein Gemälde gebeugt. Es war selten schön. Aufkommender Expressionismus des frühen zwanzigsten Jahrhunderts, verzeichneter Künstler. Das hatte er sofort erkannt. Deswegen hatte er das Gemälde diesem unwissenden Landei auf einem Flohmarkt vor den Toren Stockholms für schlappe dreitausendfünfhundert Kronen abgeschwatzt, obwohl es seiner Meinung nach gut das Dreißigfache wert war.

Da betrat der Postbote das Ladengeschäft. Stefan Gustafsson begrüßte ihn mit einem mürrischen Nicken, obwohl er eigentlich kein mürrischer Typ war. Was er allerdings hasste, war, gestört zu werden, wenn er in ein Kunstwerk versank. Insbesondere, wenn er gerade darüber nachdachte, ob er seinem Bruder von diesem Bild erzählen und es tatsächlich zum Verkauf anbieten sollte oder ob er es lieber in seine *persönliche* Sammlung integrieren wollte, von der niemand außer ihm wusste.

Stefan Gustafsson streckte die Hand aus und nahm

die Tagespost in Empfang. Nachdem sich die Glastür der Kunstgalerie hinter dem Postbeamten geschlossen hatte, wollte er den Stapel Briefe schon achtlos auf den Biedermeiersekretär legen, da fiel ihm ein Umschlag ins Auge, der sich von den anderen deutlich abhob. Format, Papier und Handschrift – alles schien durch eine exponierte Schlichtheit auffallen und damit sagen zu wollen, dass er es nicht mit der Nachricht eines gewöhnlichen Menschen zu tun hatte. Hier schrieb jemand, der keinen Zweifel daran ließ, dass er sich für etwas Besonderes hielt, und der sich auch nicht scheute, diese Selbsteinschätzung, die vermutlich irgendwo zwischen Gott, Papst und schwedischem König angesiedelt war, der ganzen Welt mitzuteilen. Aber stilvoll und dezent natürlich.

Stefan Gustafsson kannte den Absender nur zu gut und ließ die anderen Briefe auf den Tisch fallen. Diesen einen jedoch öffnete er sofort, mit einem Jugendstilbrieföffner aus massivem Sterlingsilber und in Form einer Meerjungfrau, deren weiche Züge und elegante Rundungen ihn stets an seine Frau erinnert hatten, als sie noch nicht so fett gewesen war. Er zog das schwere, selbstverliebte Büttenpapier mit dem Wasserzeichen aus dem Umschlag, faltete es auseinander und las.

Eine Minute später griff er zum Telefon.

»Gustafsson«, meldete sich eine weibliche Stimme nach kurzem Klingeln.

»Stell dir vor, mein Vater hat uns zu Weihnachten eingeladen!«, platzte er heraus und sparte sich die Begrüßung.

»Ach, du bist es, Stefan. Was sagst du?«, fragte Sofia unaufgeregt. Ihre Tonlage ließ keine Zweifel aufkommen, dass es ihrem Gemüt nicht entsprach, sich allzu schnell über etwas zu freuen.

Ganz anders dagegen Stefan Gustafsson. »Mein Vater hat uns zu Weihnachten eingeladen!«, wiederholte er lautstark.

Sofia sagte nichts, und doch schien ihr Mann die unausgesprochene Aufforderung deutlich zu verstehen, er möge gefälligst etwas mehr Informationen preisgeben.

»Hör dir das an«, sagte Stefan Gustafsson daraufhin und begann, den Brief vorzulesen.

Liebe Familie,
ich habe beschlossen, dieses Jahr ein großes Familienweihnachtsfest mit Euch zu feiern, und lade Euch daher herzlich zu mir ein. Eure jeweiligen Lebenspartner selbstredend ebenfalls, sofern Ihr noch welche habt.
Kommt bitte am 22. Dezember so, dass wir um 19 Uhr gemeinsam zu Abend essen können. Wir werden die Feiertage bis zum 27. Dezember 12 Uhr gemeinsam verbringen und gewiss vieles zu besprechen haben.

Ich wünsche mir, dass Ihr zahlreich, pünktlich, frohgemut und ohne Geschenke erscheint.
U. A. w. g. bis 1. Dezember.
Herzliche Grüße
Vater / Großvater / Urgroßvater

»Was hat das denn zu bedeuten?«, fragte Sofia. »Erst schlägt dein Vater zehn Jahre lang alle Weihnachtseinladungen aus, ob von Birgitta oder von uns, und jetzt das. Sehr seltsam.« Skepsis mischte sich in ihre Stimme – zumindest meinte Stefan Gustafsson diesen Unterton wahrzunehmen.

»Tja, ich weiß auch nicht, was ihn dazu bewogen haben könnte. Vielleicht kommt er endlich zur Vernunft? Vielleicht ist es auch Altersmilde? Es soll ja Zeichen und Wunder geben.«

»Vielleicht ist es auch Alzheimer«, mutmaßte Sofia spitz. »Er ist und bleibt ein herrschsüchtiger Tyrann, der sich in dieser Rolle prächtig gefällt. Dieser Wandel kommt mir sehr plötzlich. Am Ende führt er etwas im Schilde. Denk doch nur an euer letztes Telefonat.«

Ja, das tat Stefan. Das Gespräch hatte Anfang des Jahres stattgefunden, und aus emotionaler Sicht war es eher suboptimal vonstattengegangen. Wegen einer Vollmacht für den Ankauf einer größeren Sammlung hatten sie sich gestritten. Er und sein Vater. Und sie hatten sich gegenseitig einige sehr unschöne Begriffe an den Kopf geworfen. – Anfang des Jahres? So lange war das schon wieder her? Vielleicht ging es seinem Vater nicht gut?

»Wie dem auch sei, wir werden hinfahren«, unterbrach Sofia vehement seine Gedanken und verscheuchte damit das aufgekommene schlechte Gewissen aus dem Herzen ihres Mannes. »Ich schreibe ihm, dass wir dabei sind. Dann kannst du es gleich Bengt sagen, wenn er wieder ins Geschäft kommt, damit er sich nichts anderes vornimmt, und ich rufe Jan-Erik an.«

»So wie ich meinen Vater kenne, hat er mit Sicherheit alle einzeln eingeladen. Sie haben den Brief bestimmt auch heute in der Post gehabt«, sagte Stefan Gustafsson, der sich keinen Reim auf den plötzlichen Eifer seiner Gattin machen konnte. »Aber gut, meinetwegen. Ich sage es ihm. Er wird darüber sicher nicht sehr erbaut sein. Ich meine, mich zu erinnern, dass er neulich erst etwas von einem Winterurlaub erzählt hat.«

»Das ist mir egal. Jan-Erik wollte dieses Jahr mit Viola zu ihren Eltern nach Göteborg fahren und dort feiern, aber diesen Zahn werde ich ihm ziehen. Sag Bengt, worum es geht. Ich erwarte Zusammenhalt.«

»Was meinst du? Worum soll es denn gehen?«, fragte Stefan Gustafsson erstaunt.

Am anderen Ende der Leitung schnaubte Sofia verzweifelt auf, und Stefan Gustafsson konnte förmlich sehen, wie sie resigniert die Augen schloss und ratlos den Kopf schüttelte. »Glaubst du denn ernsthaft, dahinter steckt nur ein Fest im trauten Kreise der Familie?«, hob sie an. »Blödsinn! Ich kenne den alten Mann anscheinend besser als sein eigener Sohn. Was wird er wohl mit dieser Einladung bezwecken?«

»Bezwecken? Es ist Weihnachten und …« Stefan Gustafsson zögerte. Dann verstand er, worauf seine Frau hinauswollte. »Du glaubst, es könnte bedeuten, dass er sich endlich von seinen Anteilen trennen und sie uns überschreiben will, mir und Magnus?« Da ging die Ladentür erneut, und ein junger Mann in bestem Zwirn trat ein. »Bengt kommt gerade«, sagte er knapp.

»Ja, genau das glaube ich«, überging seine Frau diese Mitteilung. »Du weißt, wie er ist. Immer alles regeln, alles unter Kontrolle bringen, und am besten noch mitsprechen, wenn der Sargdeckel schon geschlossen ist. Ich bin jedenfalls gespannt, was er sich ausgedacht hat. Hin müssen wir auf jeden Fall! Wer weiß, was wir sonst verpassen? Ich rufe Jan-Erik an, und du redest jetzt gleich mit Bengt. *Hej då* und bis später.« Sie legte auf.

»Ist etwas passiert? Warum schaust du so verstört?«, wollte Bengt wissen. Er zog seinen Mantel aus und hängte ihn an die Garderobe. Dann trat er zu seinem Vater an den Sekretär und sah ihn fragend an.

»Hast du heute schon in deinen Briefkasten geschaut?«, erkundigte sich Stefan Gustafsson. Er spürte, wie der Gedanke an die von seiner Frau vermuteten Möglichkeit der Erbregelung Besitz von ihm ergriff. Ja, je länger er darüber nachdachte, desto logischer erschien ihm diese Schlussfolgerung.

»Nein, das mache ich immer erst abends. Warum? Was ist denn los?«, fragte Bengt.

Stefan Gustafsson erhob sich und hielt ihm das Schreiben des Familienoberhauptes unter die Nase. »Wir fahren an Weihnachten zu Großvater aufs Gut und feiern da alle zusammen.«

Bengt las konzentriert. Schließlich blickte er auf. »Schön, aber daraus wird nichts. Du weißt, ich will in den Skiurlaub …«

»Dann sagst du den eben ab.«

»Das ist schlecht, denn ich will mit Lisa fahren. Sie hat sonst keine Zeit mehr dieses Jahr«, verteidigte Bengt sein Vorhaben etwas ungelenk.

»Dann kommt deine *Bekannte* eben mit«, sagte Stefan Gustafsson. »Großvater schreibt explizit, dass jeder der Familie mit Partner eingeladen ist, und das verstehe ich mehr als Aufforderung denn als Anregung.«

»Sie heißt Lisa, und sie ist mehr als eine *Bekannte*.«

»Meinetwegen. Bei deinen vielen Frauen blickt doch keiner mehr durch.«

»Wir sind seit fast sechs Monaten zusammen!«

»Uns hast du sie jedenfalls noch nicht vorgestellt.«

»Sie arbeitet viel …«

»Das mag sein, aber an Heiligabend wird sie ja wohl freihaben, oder? Ihr kommt mit. Und wenn sie nicht will, dann eben du allein. Punkt.«

»Es ist doch nur Weihnachten«, widersprach Bengt und schüttelte verwundert den Kopf. »Was ist denn bloß los, dass du so einen Wind machst?«

Stefan Gustafsson legte seine Hände auf Bengts Schultern und sah ihn mit festem Blick an, während er ihm mit gesenkter Stimme und der Art eines sich an der Grenze seiner Belastbarkeit befindenden Psychotherapeuten erklärte, was sein Sohn nicht zu begreifen imstande schien. »Du erkennst wohl den Ernst der Lage nicht, Bengt, hm?«, fragte er. »Mit einer deiner zahlreichen Bekannten kannst du noch unzählige Male irgendwohin fahren, aber was glaubst du, macht mein Bruder mit dir, wenn er erst die Mehrheit der Anteile dieses Geschäftes besitzt? Er hat selbst Kinder, wie dir nicht entgangen sein dürfte, die bestimmt nur darauf warten, ein größeres Stück vom Kuchen abzubekommen. Magnus reibt sich doch jetzt schon die Hände, wenn er nicht gerade Golf spielt. Willst du gefährden, wofür ich solange gearbeitet habe?«

»Lisa ist keine Bekannte«, wiederholte Bengt stoisch, obwohl er wusste, dass derlei subtile Unterscheidungen seinen Vater nicht interessierten. Und das würde sich nicht ändern, bis Lisa einen Ehering trug ... Da erst wurde ihm plötzlich klar, was sein Vater ihm soeben eröffnet hatte. »Du meinst, Großvater macht so ein Brimborium um dieses Fest, weil er seine Geschäftsanteile verteilen will? Und du glaubst, dass Onkel Magnus uns übervorteilen will?«

Stefan Gustafsson betrachtete seinen ältesten Sohn mit überspielter Enttäuschung, setzte ein Lächeln auf und bedauerte sich ein wenig selbst. Weshalb war nicht wenigstens dieser Kelch an ihm vorübergegangen, wenn schon Jan-Erik so gar kein Interesse am Geschäft hatte? Bengt besaß zwar eine schier unglaubliche Sensibilität für Malerei, er war ein Schöngeist, brillierte bei Vernissagen mit seinen flammenden Reden, die jeden mitrissen, konnte Menschen davon überzeugen, ein Bild zu kaufen, nur weil sie spürten, wie sehr er dieses oder jenes Artefakt liebte. Aber was nutzte all das, wenn er nicht einmal in der Lage war, seine Fahrtkosten ordentlich abzurechnen oder auch nur ansatzweise strategisch zu denken? Bengt erkannte eine Fallgrube etwa fünf Sekunden, nachdem er kopfüber hineingestürzt war. Er war, wenigstens in dieser Hinsicht, ein hoffnungsloser Fall. Wahrscheinlich hielten seine Beziehungen auch aus diesem Grund nicht länger als ein paar Monate; sein Wesen war von einem echten durchsetzungsfähigen Mann so weit entfernt wie Gustav Klimt von Filzstiften. In Stefan Gustafssons Gedanken vereinigten sich in diesem Augenblick beide Söhne zu einer Art optimaler Galeristenschimäre, die aus Bengts Passion für Bilder und aus Jan-Eriks kristallklarem Kalkül bei geschäftlichen Dingen bestand.

»Was ist?«, erkundigte sich Bengt und unterbrach damit die aufgewühlten Gedanken seines Vaters.

»Ach, nichts«, entgegnete dieser und schüttelte den Kopf, als wolle er seine fruchtlosen Hoffnungen wieder in die Abgründe seiner Seele hinabschleudern, wo er sie für gewöhnlich gut unter Kontrolle hielt.

Bengt seufzte. Und erklärte sich einverstanden. »Na gut, wenn dir so viel daran liegt, Papa, komme ich mit, und Lisa bestimmt auch.«

3

Carl-Johann Gustafsson fand es ein wenig schade, beim Öffnen seiner Einladungen nicht dabei sein zu können, denn er hätte zu gerne gewusst, welche Reaktionen, welches Maß an Freude er mit seinem Brief ausgelöst hatte. Die Leinwand der Phantasie war gewiss ein wunderbarer Ersatz für die Realität, aber eben doch nicht dasselbe.

Er hatte sich noch immer auffallend lebendig gefühlt, als er nach Hause gekommen war, leicht und auf wundersame Weise beschwingt. Und auch als Alfred das von Köchin Magda zubereitete Frühstück – inklusive doppeltem Single Malt mit zwei Tropfen Wasser – im Kaminzimmer serviert und er um sein Schreibzeug gebeten hatte, war dieses Gefühl nicht vergangen. Carl-Johann Gustafsson war sich sicher, dass es nicht am Alkohol lag. Wenigstens nicht maßgeblich.

Nein, seine Emotionen verstärkten sich sogar weiter. Kaum dass er nämlich den Füllfederhalter aufgeschraubt und dessen goldene Spitze auf das ihn erwartungsfroh anblickende Briefpapier gesetzt hatte, war ihm noch wohler ums Herz geworden. Und mit jeder Zeile der Einladung tauchten die Gesichter der Adressaten vor ihm auf, die sich zuerst verwundert anblickten, sich dann aber über die frohe Kunde freuten, schon jetzt Fahrgemeinschaften bildeten und sich Gedanken über ein gelungenes Fest machten.

Für einen kurzen Moment jedoch wurde Carl-Johann Gustafsson nachdenklich.

War es seine Schuld, dass es so lange gedauert hatte? Hätte er schon viel früher die Initiative ergreifen müssen? Er hatte stets alle Einladungen ausgeschlagen, hatte nach dem Tod seiner Frau alle Weihnachtsfeste alleine verbracht, hier auf Riksgården. Hätte er früher weniger hart sein sollen? Warum zweifelte er plötzlich, sehnte sich nach etwas, das er sein ganzes Leben lang als gegeben angesehen hatte? Was war mit ihm geschehen? Es war doch bloß ein altes Bild …

Er nippte am Scotch. Auffallend viel Malz, etwas Orangenschale und eine Idee von Weihnachten, irgendwo hinter einem Anflug von Kakao, Honig und einer Note Zimt. Der Whisky wärmte ihn. Er spürte den Winter nahen, aber es machte ihn nicht mehr traurig.

Als er den Brief beendet hatte, rief er Alfred und übergab ihm den handgeschriebenen Entwurf. »In Stallarholmen gibt es doch diesen … diesen Druckereiladen, nicht wahr?«, erkundigte sich Carl-Johann Gustafsson.

»Sie meinen den Copyshop im Brovägen? «

»Copyshop. Brovägen. Richtig. Den meine ich. Lassen Sie dieses Dokument dort abtippen und auf mein Büttenpapier drucken, so dass ich es nur noch zu unterschreiben brauche, bevor ich es verschicke.«

»Sehr wohl. Wie viele Exemplare benötigen Sie, Herr Gustafsson?«

Carl-Johann Gustafsson zählte durch. Stefan und Sofia. Eins. Magnus und Birgitta. Zwei. Jan-Erik und Freundin. Drei. Bengt mit oder ohne Freundin. Vier. Susanna bestimmt ohne Freund. Fünf. Ingemar, Anita und dieses eigenartige Kind. Sechs. Eines fürs Archiv.

»Sieben.«

Alfreds geübt beherrschte Verwunderung bestand darin, eine der lichten weißgrauen Augenbrauen, ausschließlich die rechte, etwa drei Millimeter zu heben. »Sehr wohl«, wiederholte er, nickte und verließ den Raum, begleitet von dezentem Fischgrätparkettknarren.

Carl-Johann Gustafsson sah durch das große Fenster hinaus über den Mälaren, wo sich der milchige Nebel mittlerweile aufgelöst hatte und das Wasser sich mit dem Blau des Himmels zu einem unendlich wirkenden Raum vereinte. Und plötzlich wurde er doch ein wenig traurig. Auf eine unbestimmte Weise.

Aber dieser Gefühlsanflug währte nur, bis sein

Blick das Bild im Flur fand. Da lächelte er, obwohl Weihnachten noch in weiter Ferne lag.

Nein, Carl-Johann Gustafsson sah nicht, wie seine Kinder und Kindeskinder die Einladung aufnahmen. Wahrscheinlich hätte sich zuerst ein Gefühl der Enttäuschung und dann sogar der Verärgerung eingestellt. Er ahnte nicht, wie seine ehrliche Vorfreude missinterpretiert wurde. Er sah nicht, wie aufgeregt seine Söhne Stefan und Magnus waren. Er sah nicht, wie deren Frauen bei dem Gedanken an mögliche Konsequenzen des bevorstehenden Familienereignisses nervös wurden. Wie sie entweder drohend oder mit Engelszungen auf ihre Kinder einredeten. Wie sie jedem Einzelnen die Verantwortung für Scheitern oder Erfolg am guten Gelingen der *Angelegenheit* auferlegten. Beide Frauen waren sich absolut sicher, erkannt zu haben, was der Alte vorhatte. Ha! Nein, er konnte auch nicht sehen, wie Strategien entwickelt wurden, sich selbst bestens und die Mitglieder der jeweils anderen Seite so schlecht wie möglich aussehen zu lassen. Selbstredend nur, wenn es darauf ankam.

Er sah auch nicht, wie sie sich auf den vermeintlichen Ernstfall vorbereiteten, wie die Keller der jeweils anderen nach Leichen durchforstet wurden. Wie sich seine Schwiegertöchter Sofia und Birgitta jetzt schon über eine möglichst stimmige Abendgarderobe Gedanken machten und an der Frage »Eher schlicht und elegant oder verschwenderisch prunkvoll?« vor sich selbst zu scheitern drohten. Denn beides konnte falsch oder richtig sein. Er sah nicht, wie seine Enkelkinder genötigt wurden, ihre bereits geschmiedeten Pläne über den Haufen zu werfen.

Und vielleicht war das auch besser so.

4

Bevor sie den Hörer von der Gabel nahm, hatte Birgitta Gustafsson sehr lange überlegt, hatte das Für und Wider der bestehenden Möglichkeiten mehrfach im Geiste abgewogen. Eigentlich die ganze Nacht lang – sie hatte nicht besonders gut geschlafen. Wäre es wirklich dienlich, wenn Susanna ihren Freund zur möglicherweise alles entscheidenden Familienzusammenkunft mitbrächte? Diesen Typen, der, gelinde gesagt, ziemlich am Ende ihrer Schwiegersohnbewerberreihe anstand? Sie zögerte.

Ja, es konnte durchaus eine gute Idee sein, ihn mitzubringen. So etwas demonstrierte familiäre Einigkeit und zeigte, dass auf die Sicherung der Dynastie-Nachfolge geachtet wurde. Aber dieser Schachzug konnte sehr wohl auch das komplette Gegenteil bewirken. Es kam eben auf den Freund an. Wie er wirkte und ob er imstande war, sich zu benehmen. Und genau das war bei diesem David mehr als fraglich.

Birgitta war tief in Gedanken versunken, als ihr Mann, Magnus Gustafsson, das Haus verließ, um eine

Runde Golf zu spielen. Als ob ihn das alles nichts anginge.

»Das wird schon werden«, war tags zuvor sein bescheidener Beitrag zu den Überlegungen seiner Frau anlässlich der alles entscheidenden Familienfeier gewesen. »Sag unserer Tochter einfach, dass sie mitkommen *muss*. Sie schuldet uns nicht nur diesen Gefallen. Und wenn ihr das nicht passt, frage sie, wer ihr sogenanntes Atelier und ihr wenig erfolgreiches Künstlerinnendasein finanziert.« Dann hatte er den Wirtschaftsteil der Zeitung aufgeschlagen und sich den aktuellen Aktienkursen gewidmet.

Es blieb wieder einmal alles an ihr hängen.

Wie immer.

In diesem Augenblick beschloss Birgitta Gustafsson, das Risiko einzugehen, mit Susanna zu sprechen. Susanna war nicht einfach, der Schuss konnte nach hinten losgehen, wenn man zu direkt war. Man musste die Sache subtiler angehen. Funktionieren konnte es nur, wenn man von Anfang an strikte Regeln aufstellte. Und vielleicht sogar ein wenig drohte. Damit lag Magnus wohl nicht ganz falsch.

Birgitta Gustafsson dachte an die Zeit zurück, in der Susannas Vater mit allen Mitteln versucht hatte, seine Tochter dazu zu drängen, nicht Kunst, sondern Betriebswirtschaft zu studieren. Sein Plan war es gewesen, Susanna als Controllerin in *Gustafssons konst-*

galleri zu holen und damit die Präsenz und den Einfluss seines Zweiges der Familie zu manifestieren. Magnus' Bruder Stefan hatte seinem Sohn Bengt damals schon längst tiefe Einblicke in die Bücher und Abläufe des Unternehmens gewährt, auch wenn dieser Lackaffe von Zahlen so viel Ahnung hatte wie ein Hermelin.

Susanna hatte zu dieser Zeit noch keine konkreten Pläne gehabt. Und wenn doch, stimmten sie auf keinen Fall mit denen ihres Vaters überein. Und so kam es, wie es kommen musste. Als die Drohungen den Status elterlicher Hilflosigkeit erreicht hatten, bei dem Maßnahmen wie Enterbung und Rauswurf als nächste Schritte angekündigt wurden, kam Susanna diesen potenziellen Strafen zuvor und wurde krank. Einfach so. Am nächsten Morgen lag sie mit Fieber im Bett und hatte ihre Stimme verloren.

Nach drei Tagen ging sie zum Arzt. Ihr Vater allerdings war stinksauer. Da gesellten sich asthmatische Anfälle zum Krankheitsbild.

Nach einer Woche lag sie noch immer im Bett. Mittlerweile war auch Birgitta sauer. Aber nicht auf Susanna, sondern auf ihren Mann. Deswegen zog dieser schließlich alle angedrohten Konsequenzen zurück und gestand seiner Tochter schweren Herzens zu, Kunst mit Schwerpunkt Malerei zu studieren.

Einen Monat später zog sie in das Obergeschoss

eines heruntergekommenen Industriegebäudes, renovierte es leidlich und nannte es seitdem *Atelier*.

Birgitta Gustafsson wählte die Nummer ihrer Tochter. Es klingelte fünfmal, dann nahm Susanna ab.

»*Hej*, Susanna.«

»*Hej*, Mama.«

»Wie geht's dir?«

»Gut. Bin am Arbeiten. Was gibt's?«

»Ich rufe an wegen Großvaters Weihnachtsfeier.«

»Was ist damit?«

»Ich habe mir überlegt, dass du unbedingt deinen Freund mitbringen müsstest. Was meinst du?«

»David?«, wunderte sich Susanna.

»Ja, genau«, gab Birgitta Gustafsson zurück.

»David ist …«

»Aber tu mir bitte den Gefallen und schicke ihn vorher zum Frisör«, kam Birgitta Gustafsson ihrer Tochter zuvor. »Er sieht aus wie so ein langhaariger Linksextremer, und das ist er doch gar nicht, nicht wahr? Und bei der Gelegenheit könnte er sich doch auch gleich ein flottes Sakko kaufen. Vielleicht etwas in dunklem Grau? Was denkst du?«

»David ist …«

»Ja, ja, schon gut«, zeigte sich Birgitta Gustafsson versöhnlich. »Aber ein neues Sakko stünde ihm trotzdem gut«, wiederholte Susannas Mutter. »Und du solltest unbedingt mit ihm darüber sprechen, welchen

Beruf er vorgeben wird. Ich meine, falls an Weihnachten das Thema darauf kommen sollte und ihn jemand fragt.«

Susanna schwieg.

»Ich denke«, fuhr Birgitta Gustafsson fort, »wir können unserem Großvater ja schlecht sagen, dass dein Freund oder, noch schlimmer, dein zukünftiger Ehemann« – sie erschauderte bei diesem Gedanken – »dass er als eine Art Musiker durch Nachtlokale tingelt. Ich denke, es wäre besser«, Birgitta Gustafsson schoss ein bunter Strauß erheblich angesehenerer Berufe durch den Kopf und sie zog den am besten zu ihrem Leben passenden daraus hervor, »ich denke, es wäre besser, er würde sagen, er sei im Musikgeschäft tätig, als Produzent zum Beispiel. Oder als Teilhaber einer Plattenfirma. Wie siehst du das? Teilhaber, das wäre doch was.«

»David ist keine Art Musiker, er hat Klavier studiert«, widersprach Susanna, »aber das spielt eigentlich keine Rolle, denn …«

Es war Zeit, den Druck minimal zu erhöhen, ihn Susannas Widerstand anzupassen, befand Birgitta Gustafsson und fiel ihrer Tochter sanft, aber bestimmt ins Wort. »Das mag ja alles sein, Liebes. Aber tu mir den Gefallen. Papa arbeitet so hart, er hat es auch nicht immer einfach.« Kurz seufzte sie. »Er macht das alles für euch, für dich und deinen Bruder, damit ihr mal etwas habt, wenn wir nicht mehr sind. Und er unterstützt dich wirklich, wo er nur kann. Mit deinem Atelier zum Beispiel, oder etwa nicht?«

Abschlussseufzen.

Abwarten.

»Ich kann dich beruhigen«, sagte Susanna schließlich. »David und ich haben uns vor vier Wochen getrennt.«

»Das ist ja großartig«, entfuhr es Birgitta Gustafsson, die diesen Satz direkt nach Verlassen des Mundes gerne wieder eingefangen hätte. Das gelang nicht einmal ihr. »Äh, ich meine, oh, das tut mir aber leid. Was ist passiert? Er war doch so …«

»Linksradikal, schlecht gekleidet, erfolglos? Lass es gut sein, Mama. Er hat mich betrogen. Mit einer Nachtlokal-Kellnerin mit großer Oberweite, wenn du es genau wissen willst. Ich komme an Weihnachten alleine. Bis dann. *Hej då.*«

Nach dem Telefonat kaute Susanna wütend auf ihrer Unterlippe und hätte am liebsten laut aufgeschrien. Nicht einmal dazu hatte sie mehr Lust. Irgendwie war alles scheiße. Nichts lief so, wie sie es sich wünschte, und ja, verflucht: Sie war abhängig! Auch wenn sie nicht ernsthaft daran glaubte, dass ihr Vater die finanzielle Unterstützung streichen würde, die sie zum Leben als Künstlerin in Stockholm brauchte, so war es dieses Gefühl des Ausgeliefertseins, das sie am meisten hasste und das ihre Mutter wieder einmal subtil gegen sie eingesetzt hatte. Nur finanzieller Erfolg würde das jemals ändern. Das war ihr klar.

Was ihren zukünftigen Lebensgefährten anging, so war ihr bewusst, dass er getrost ein komplettes menschliches Arschloch sein konnte, solange er nur etwas hermachte, über hinreichend Vermögen und entsprechenden gesellschaftlichen Status verfügte. Dann war er bei ihren Eltern willkommen.

Das hatte auf David nicht zugetroffen. Und es traf auch nicht auf Jörgen zu, von dem sie ihrer Mutter beim Telefonat erst gar nicht erzählt hatte. Susanna hatte ihn kurz nach der Trennung von David auf einer Vernissage kennengelernt. Er war Dokumentarfilmer. Und ganz wunderbar. Gemeinsam hatten sie ein paar unbeschwerte und unglaublich schöne Tage verbracht und waren einander nahegekommen, hatten sich sogar ineinander verliebt. Aber Jörgen war nicht nur wunderbar, sondern im Moment leider gerade auch für zwei Monate in Amerika. Zuerst eine Zeit lang in New York und dann auf einem Road Trip die Ostküste hinunter, um fürs schwedische Fernsehen und die BBC eine Dokumentation über die Entwicklung der dortigen Street-Art-Künstlerszene vorzubereiten. Ganz allein. Unerreichbar. So war er.

Sie zündete sich eine Zigarette an.

Er hatte gesagt, dass das im Augenblick wichtig für ihn und sein Schaffen sei und dass er, sobald er zurück sei, ein neues Leben beginnen wolle. Was sollte das heißen? Ein neues Leben zusammen mit ihr? Sie war sich nicht sicher.

Trotzdem zog sie ihr Handy hervor und schrieb eine SMS an ihn, wann immer er sie auch lesen würde, es war die einzige Möglichkeit, eine Illusion von Nähe zu erzeugen.

> *Lieber Jörgen. Ich hoffe, du hast eine wunderbar inspirierende Zeit in Amerika. An Weihnachten sind wir bei meinem Großvater aufs Landgut eingeladen. Ich war seit Jahren nicht mehr da. Kommst du mit, falls du vorher zurück bist? Ich weiß, das ist vielleicht etwas viel am Anfang, aber es würde mich sehr freuen. Ich liebe dich so sehr.*

Den letzten Satz löschte sie sofort wieder, bevor sie die SMS sendete. Dann drückte sie die Zigarette im Aschenbecher aus und schob ihre geliebte Tasse mit dem unerträglich verkitschten Konterfei des schwedischen Königspaares und dem kalten Kaffee zur Seite. Hätte sie sich diese SMS nicht besser verkneifen sollen? Sie klang irgendwie hoffnungslos, oder nicht? Doch. Und zwar ziemlich.

Trotzdem. Seitdem der Brief von Riksgården angekommen war, freute sie sich auf Weihnachten wie seit ihrer Kindheit nicht mehr, und sie konnte nicht einmal sagen, warum. Und auf ihren Großvater, vor dem sie sich früher immer etwas gefürchtet hatte, weil er so streng gewesen war. Allerdings hielt sie ihn für den einzig ehrlichen Menschen in dieser Familie. Großmutter gab es ja nicht mehr, zumindest nicht auf dieser Welt.

Susanna erhob sich und trat hinüber zu ihrer Staffelei, die nur wenige Meter vom Tisch entfernt stand. Die auf einen Keilrahmen gespannte Leinwand zeigte die Skizze des Ringkampfes einer viel zu kleinen Frau mit einem übergroßen Elch im Schnee. Sie beschloss, dass der heutige Tag sich hervorragend dazu eignete, die Frau gewinnen zu lassen.

22. Dezember
Zwei Tage bis Weihnachten

5

Das Auto schlingerte kurz, bevor es seitlich in den Graben rutschte, wo es mit einem dumpfen Schlag zum Stehen kam. Susanna riss erschrocken die Augen auf. Der Motor war aus. Der linke Scheinwerfer tauchte die gut eineinhalb Meter hohe Schneewehe in eine festliche Beleuchtung. Der rechte hingegen schien beim Einschlag etwas abbekommen zu haben und streikte. Die Scheibenwischer arbeiteten indes unbeeindruckt weiter und zogen und schoben ihre Gummis quietschend über das Glas.

»Shit!« Susanna hieb mit beiden Händen aufs Lenkrad. »Shit! Mein Auto.« Dann sank sie in den Sitz zurück und starrte einige Sekunden lang hinaus in die Schneewand, die sich vor ihr erhob. Alleine kam sie hier niemals raus. Sie wischte die beschlagene Windschutzscheibe sauber. Eigentlich musste das Tor bereits auszumachen sein. Doch es war nichts zu sehen, lediglich zwei schwache Lichtpunkte zeigten sich in der Ferne. War das die Zufahrt? Sie versuchte, sich zu erinnern. Wann war sie das letzte Mal hier gewesen?

Wie weit lag Riksgården entfernt? Elf Jahre und einen Kilometer, schätzte sie.

»Du bist wirklich bescheuert, Susanna Gustafsson!«, schimpfte sie mit sich selbst. »Shit!«

Sie versuchte, die Tür zu öffnen.

Es ging nicht.

Das Auto hatte sich etwas gedreht, und nun blockierten die Schneemassen den Ausstieg. Sie musste auf der Beifahrerseite hinaus. Vielleicht sollte sie bei ihrem Großvater anrufen? Ihre Eltern mussten eigentlich schon da sein und konnten sie vielleicht holen. Sie waren immer pünktlich, und nach den unzähligen Telefonaten mit ihrer Mutter im Vorfeld dieser Familienzusammenkunft, schätzte Susanna, dass sie wahrscheinlich im Nachbarort übernachtet hatten, um bloß nicht zu spät zu kommen. So wie sie jetzt. Shit!

Susanna zog das Handy aus der Innentasche ihrer Daunenjacke und blickte aufs Display. »Niemand wird dich hier abholen«, sagte sie zu sich selbst, »denn du wirst niemanden anrufen können, um ihm mitzuteilen, dass du das schön fändest.« Null Komma null Empfang. Sie steckte das Mobiltelefon wieder ein, löste den Sicherheitsgurt, kraxelte umständlich über die Mittelkonsole, stieß mit der Stirn an den Rückspiegel, fummelte Zigaretten, Feuerzeug und Notfalllakritze aus der Ablage hervor, um sie sich in die Jackentaschen zu stopfen. Dann verfing sie sich mit der Kapuze in der Kopfstütze, trat in einen knisternden Haufen Müll im Fußraum und stemmte sich aus Leibeskräften gegen die Tür. Mit einiger Mühe gelang es ihr schließlich, diese aufzudrücken.

Sofort fuhr ein eiskalter Wind ins Fahrzeug. Weiße Flocken wirbelten herein. Sie stieg aus und warf die Tür zu, zuckte mit den Achseln, schlug sich den Kragen ihrer Daunenjacke hoch, stapfte ums Auto herum und öffnete den Kofferraum.

Kurz darauf schob sie sich als vermummte Gestalt mühevoll durch den Schnee, der den Weg zum Gutshaus mittlerweile kniehoch bedeckte und das Vorankommen erschwerte. Susanna hatte ihren alten Seesack geschultert, doch bald schon zog sie ihn mehr, als dass sie ihn trug.

Sie orientierte sich an den zwei leuchtenden Punkten, die sich, wie Susanna nach etwa zehn endlos scheinenden Minuten erkannte, tatsächlich als die alten Lampen entpuppten, an die sie sich erinnert hatte. Sie thronten auf zwei steingehauenen Säulen, die als Torpfosten dienten. Eine von ihnen stand etwas schief, und das Tor war offen. Rechts und links des Weges wiesen schmiedeeiserne, mit lilienförmigen Spitzen besetzte Flügel den Weg hinein ins weitläufige Grundstück.

Schnaufend machte Susanna halt, ließ ihren Seesack fallen und wischte sich den Schnee aus dem Gesicht und von der Kapuze. In diesem Augenblick wurde ihr klar, dass weder Datum noch Winterwetter genügten, um sie in weihnachtliche Stimmung zu bringen. Ohne Licht war es einfach nur kalt, und auf eine unangenehme Art und Weise fühlte sie sich allein. So wie nach der letzten SMS an Jörgen, auf die er wie erwartet nicht geantwortet hatte.

Irgendwie passte alles zusammen, passte zu ihr und ihrem Leben.

Selbstmitleid konnte furchtbar inspirierend sein.

Aber ohne Pinsel, Farben und Leinwand tat es einfach nur weh.

Sie schulterte wieder ihren Seesack und ging weiter.

Als sie endlich die Biegung erreicht hatte, konnte sie das Anwesen sehen. Sie hatte vergessen, wie groß es war. Neben dem Haupthaus gab es zwei symmetrische Flügelbauten, die durch die an allen Haus- und Dachkanten entlanglaufende Beleuchtung auch im dichten Schnee erkennbar waren. So ausladend hatte sie das alles gar nicht in Erinnerung. Sie staunte nicht schlecht. Susanna schätzte, dass es mehrere Tausend Lämpchen sein mussten und dass alle Lichterketten zusammen bestimmt ein- oder zweihundert Meter lang waren. Die täglichen Stromkosten dieser beeindruckenden Installation entsprachen wahrscheinlich denen einer Vierzimmerwohnung in Stockholm. Und bestimmt hatte es mindestens zwei Tage gedauert, dieses ganze Zeug zu montieren.

Von hier wirkte alles wie ein wundervolles Gemälde. So als habe ein Künstler mit glühender Lichttinte die Konturen verblasster Erinnerungen nachgezeichnet.

6

Der Wind pfiff unter der Überdachung hindurch. Susanna stellte den Seesack neben sich und streifte die Kapuze zurück. Dann drückte sie auf die Klingel.

Sie meinte, ein weit entferntes, dezentes Läuten vernommen zu haben, und musste nicht lange warten. Nur in etwa so lange, wie ein Mann von Mitte sechzig benötigte, um mit exakt bemessenen Schritten aus den Tiefen dieses Gebäudes zur Tür zu gelangen.

»Guten Abend, *Fröken* Gustafsson«, grüßte Alfred. Er hatte sie schnell erkannt. Sie hingegen hätte zweimal hinschauen müssen, wäre sie ihm irgendwo anders begegnet. Und Susanna fühlte sich geschmeichelt. »Fröken« hatte er sie genannt, »Fräulein«, wie früher. Diese Bezeichnung war absolut nicht mehr zeitgemäß, total überholt und galt im modernen Sprachgebrauch als machistisch und anti-feministisch. Jeder andere Mann hätte von Susanna jetzt die Meinung gegeigt bekommen. Aber nicht Alfred. Niemals. Diese Anrede ließ sie auf magische Weise tiefer in die Vergangenheit eintauchen und sich jünger fühlen.

»Bitte, treten Sie doch ein«, fuhr Alfred mit seiner Begrüßung fort. »Was für eine Freude, Sie wiederzusehen.« Er bewegte sich trotz seines Alters mit einer bewundernswert unauffälligen Eleganz zur Seite und synchronisierte eine einladende Geste dazu. »Darf ich Ihnen Gepäck und Jacke abnehmen?«

»*Hej*, Alfred. Ich freue mich auch, Sie wiederzusehen. Es ist so lange her, nicht wahr? Geht es Ihnen gut?« Susanna zog ihre Daunenjacke aus und reichte sie ihm.

Alfred hängte sie in den kleinen Garderobenraum hinter der eingelassenen Schiebetür, in dem ordentlich aufgereiht bereits ein gutes Dutzend anderer Kleidungsstücke verwahrt wurden. Susannas Seesack stellte er dazu. »Danke, sehr freundlich, dass Sie sich erkundigen«, antwortete er mit einem zurückhaltenden Lächeln. »Mir geht es immer gut. Ihr Gepäck bringe ich Ihnen sofort hinauf. Darf ich Sie zunächst ins Kaminzimmer führen? Der Rest Ihrer Familie ist bereits vollzählig erschienen. Oder wollen Sie sich erst etwas frisch machen?«

»Nein, danke. Es sei denn, ich hätte es nötig.« Susanna lächelte.

Alfred verzog keine Miene, nur seine Augen leuchteten wach und freundlich.

»Wo ist mein Großvater?«

»Herr Gustafsson hat sich zurückgezogen. Er muss

noch etwas vorbereiten und wird erst zum Essen erscheinen, um alle zu begrüßen.«

»Etwas vorbereiten?«, wunderte sich Susanna.

Alfred ging nicht darauf ein, wandte sich um und schritt durch den hohen Flur, an dessen Wänden unzählige Gemälde hingen, die dem Haus den Charakter eines Museums mit gediegener Dauerausstellung verliehen – Zeugnis großer Leidenschaft und erfolgreichen Kunsthandels seit über sechzig Jahren.

Am Ende des Flurs blieb Alfred stehen und deutete auf eine weit geöffnete doppelflügelige Tür. »Bitte sehr. Was darf ich Ihnen zu trinken bringen? Ein Glas Champagner oder lieber ein Heißgetränk? Bei dem Wetter bestimmt keine schlechte Wahl.«

Doch Susanna blickte in die andere Richtung.

Auf das Bild mit den Engeln.

Sie trat näher heran, strich behutsam über die unebene Oberfläche der Ölfarbe und betastete den wunderschönen Rahmen. Schon als Kind hatte sie dieses Gemälde geliebt. »Es war ihr letztes Geburtstagsgeschenk an ihn, nicht wahr? Dass es immer noch hier hängt. Unglaublich«, flüsterte sie.

Alfred kam zu ihr. »Ja, nicht wahr. Manche Dinge ändern sich eben nie und sind von ewigem Bestand.«

Susanna drehte sich um und straffte die Schultern. »Haben Sie Bier im Haus?«

»Gewiss. Ich bringe Ihnen sofort eines.« Damit verschwand er in Richtung Küche.

Susanna betrat das Kaminzimmer.

»Kind!«, rief Birgitta Gustafsson, stellte ihr halbvolles Champagnerglas auf den Tisch und erhob sich aus ihrem Sessel. »Mein Gott, wir haben uns schon Sorgen gemacht, und ans Handy bist du auch nicht gegangen.« Susannas Mutter kam herbeigeeilt und umarmte sie zur Begrüßung. Dabei raunte sie ihr ins Ohr: »Dass du aber auch nie pünktlich sein kannst. Großvater hat doch extra geschrieben, dass wir um sieben essen wollen. Nun ist es bereits zehn vor acht.«

Bevor Susanna etwas darauf erwidern konnte, zum Beispiel, dass sie einen ungeplanten, etwa halbstündigen Fußmarsch durch Sauwetter und mit einem Seesack hinter sich hatte, schallte es von hinten quer durch den Raum: »Aha, die Künstlerin gibt sich die Ehre. Schön, dass du es einrichten konntest.«

»Ja, ich bin auch ganz außer mir vor Freude, dich zu sehen, Tante Sofia.«

»Nimm dich zusammen«, zischte Birgitta Gustafsson.

»Alles in Ordnung, Susanna?«, erkundigte sich Magnus Gustafsson, der nun ebenfalls zu ihnen getreten war. »Du siehst etwas mitgenommen aus.«

»Danke, es geht schon«, antwortete Susanna. »Ich habe meine blöde Karre aus Versehen im Graben geparkt und musste gefühlte hundert Kilometer durch den Schnee marschieren.«

»Warum hast du denn nicht angerufen?«

»Aus demselben Grund, warum ich nicht ans Telefon gegangen bin. Es gibt hier draußen keinen Empfang, Papa.« Sie küsste Magnus Gustafsson auf beide Wangen.

»Mein Vater sagt immer, Frauen können nicht Auto fahren. Ist dein Auto explodiert?«

Susanna blickte neben sich.

Dort stand Carl-Johann Gustafsson junior, ihr kleiner Neffe. Wie üblich interessierte ihn eine Antwort nicht sonderlich; er war wieder einmal in den Luftkampf seiner beiden Flugzeuge versunken – Modelle aus dem Zweiten Weltkrieg –, den er lautstark mit Propeller- und Maschinengewehrgeräuschen untermalte. Brummend und schießend flog er davon.

»Ihr Bier«, sagte Alfred, der plötzlich hinter Susanna stand. Manchmal war er wie ein Geist, das hatte sie früher schon irritiert.

Susanna bedankte sich, nahm das Glas vom Silbertablett, trank einen Schluck und blickte Carl-Johann Gustafsson juniors Flugshow nach. Eines seiner Flugzeuge stürzte gerade unter pfeifenden Geräuschen zu Boden, um dort in einer von sprühender Spucke begleiteten Explosion zu vergehen. Diese etwas unpassende Geräuschkulisse hatte immerhin zur Folge, dass Susanna nicht zu Bengt und seiner aufgetakelten Freundin hinübergehen musste, um sie zu begrüßen. Aufgeschreckt vom Absturz des Flugzeugs in der Nähe ihrer Hacken drehten sich beide um, bedachten Carl-Johann junior mit einem Kopfschütteln und nickten ihr mit einem gekünstelten Lächeln zu.

»Dieses Kind wird von Mal zu Mal seltsamer«, sagte Susanna leise.

»Das ist nicht fair, Susanna. Du weißt, dass er es nicht leicht hat, weil er doch hochbegabt und dadurch oft unterfordert ist«, merkte Carl-Johann juniors Mutter mit gereizter Stimme an. Diese Erklärung war Anita Gustafssons Mantra, wenn es um ihren Zögling ging.

Susannas Mutter verdrehte hinter ihrer Schwägerin die Augen, ihr Vater nippte verlegen am Champagner, und Susanna merkte an: »Wenn du meinst. Das erklärt aber nicht, warum dein Mann ihm einredet, Frauen könnten nicht Auto fahren.«

»Na ja, irgendwas muss ja dran sein, was, liebe Cousine?« Susanna drehte sich um und sah Jan-Erik ins Gesicht. »Ich habe unfreiwillig mit anhören müssen, dass du deinen Wagen recht … äh … nennen wir es mal *kreativ* geparkt, also eher künstlerisch in die Gegend integriert hast«, stichelte dieser weiter. »Von Berufs wegen?«

»Sehr witzig«, sagte Susanna. »Das hätte jedem passieren können.«

»Hätte. Ist es aber nicht. Unsere Autos stehen jedenfalls ordentlich geparkt draußen. Was für ein Glück, dass wenigstens du unversehrt geblieben bist. Bei deinem Fahrstil. *Skål!*« Jan-Erik hob sein Champagnerglas und prostete Susanna zu. Es war nicht sein erstes, wie man deutlich erkennen konnte.

»Still, Susanna! Ich will keinen Streit. Nicht an *diesem* Fest«, mahnte Birgitta Gustafsson ihre Tochter.

»Ich mach doch gar nichts«, empörte sich Susanna.

»Genau das ist ja dein Problem«, stänkerte Jan-Erik weiter und grinste. »Und wenn du mal was machst, dann machst du es nicht richtig.«

Birgitta Gustafsson holte schon Luft, um die beiden zur Ruhe zu rufen, da verkündete Alfred, der auch diesmal lautlos in der Doppeltür erschienen war, mit gedämpfter Stimme: »Herr Gustafsson lässt bitten. Es ist angerichtet.«

»Oh, Herr Gustafsson lässt bitten, es ist angerichtet«, äffte Jan-Erik den alten Hausdiener hinter vorgehaltener Hand nach, was ihm einen Ellbogenstoß seiner Freundin Viola einbrachte.

Sie sah wirklich begehrenswert aus, fand Susanna, wie ein Model auf dem Titelblatt einer Hochglanzillustrierten: jung, sexy, knackig, lange blonde Haare, volle Lippen, perfekte Augenbrauen. Ebendiese Perfektion jedoch ließ sie flach erscheinen. Ein Porträt von ihr wäre reizlos und langweilig. »Hallo Viola«, grüßte sie.

»Hallo Susanna«, grüßte Viola zurück.

Der Speisesaal lag dem Kaminzimmer gegenüber, und seine Türen wurden nun von Alfred geöffnet. Auch hier brannte ein Feuer im Kamin, dessen Flammen knisternd emporzüngelten, Geschichten flüsternd und Funken durch den Schlot in den Winter schickend. In der Mitte, direkt unter einem beeindruckenden Kristalllüster, stand eine Tafel mit einer armdicken Tischplatte, die König Artus und seinen Rittern zur Ehre gereicht hätte. Diese hier war hingegen nicht rund, sondern rechteckig und maß in etwa eineinhalb auf acht Meter.

An jeder Längsseite des Tischs standen sieben Stühle. An den Kopfenden dagegen befand sich jeweils nur einer, der mit einer höheren, mit Schnitzereien verzierten Lehne aus dunklem Holz ausgestattet war und eher wie ein Thron wirkte. Wenigstens empfand es Susanna bei deren Anblick so. Und auf einem dieser Throne, dem Kaminfeuer am nächsten, saß Carl-Johann Gustafsson, inmitten eines Kerzenmeeres und kristalllüsterner Lichtreflektionen.

Schweigend, aber hellwach blickte er jeden Einzelnen an. Lediglich seinen Urenkel und Namensvetter betrachtete er mit einem Anflug stiller Missbilligung, als dieser seine Fluggeräte unter lautem Bombardement über dem eingedeckten Tisch fliegen ließ. Doch Mutter Anita hielt ihn fest und zischte dem Kleinen etwas ins Ohr – schätzungsweise einen strikten Unterlassungsbefehl –, woraufhin Carl-Johann Gustafsson junior kurz entnervt das Gesicht verzog, dann aber seine Kampfflugzeuge von ihrem Einsatz zurückbeorderte und sie vor sich auf dem Teller zur Landung zwang.

Susanna zögerte. Mit einem Mal war ihr, als würde etwas Eigentümliches über dieser Festlichkeit liegen, ein befremdliches Gefühl. Und irgendetwas fehlte. Nur was …?

Da erhob sich Carl-Johann Gustafsson.

Er lächelte. Und sein Lächeln wirkte warm und milde, ja fast gütig, auf jeden Fall aber sonderbar zufrieden. Susanna blickte sich verstohlen um. Die Unsicherheit, die sie gerade verspürt hatte, schien auch die anderen zu ergreifen – alle, außer Carl-Johann Gustafsson junior, der die Gunst der unbeobachteten Stunde nutzte, um sein Geschwader wieder aufsteigen zu lassen, um erneut schallgedämpfte Maschinengewehrsalven auf eine der Weinkaraffen abzufeuern.

Jeder andere im Raum fragte sich wahrscheinlich, wann das Familienoberhaupt das letzte Mal gelächelt hatte. So sehr verbanden sie Strenge, Unbeugsamkeit und distinguierte Distanz mit seinem Wesen. Es hatte für alle etwas Unwirkliches. Dieses Lächeln …

»Liebe Familie«, hob Carl-Johann Gustafsson nun an und öffnete auch noch seine Arme, als wolle er jeden von ihnen an sein Herz drücken. »Ich freue mich, dass ihr alle gekommen seid, um mit mir und vor allem gemeinsam ein wunderbares Weihnachten zu begehen.«

Hinter ihnen schloss Alfred leise die Tür.

Susanna blickte zu ihrem Großvater hinüber, der in diesem Augenblick eine einladende Geste machte. »Kommt« fuhr er fort, »setzt euch doch. An jedem Platz liegt ein Umschlag mit eurem Namen. Aber«, er hob gebieterisch den Zeigefinger, »die Umschläge dürfen noch nicht geöffnet werden. Erst, wenn ich es sage.« Mit diesen Worten ließ er sich nieder und verfolgte schweigend, aber noch immer sanft lächelnd, wie sich die Familienmitglieder um den Tisch verteilten und ein jedes auf die handgeschriebenen Kärtchen schaute, um seinen Namen zu finden.

Susannas Platz war ganz hinten an der Tafel, dem Großvater gegenüber. Sie zog den schweren Stuhl vom Tisch und setzte sich. Auch die anderen nahmen Platz, was eine gute Gelegenheit ergab, ihre Familie eingehend zu beobachten.

Alle waren noch immer sichtlich verunsichert, ja beinahe fassungslos. Was hatte diese unverhoffte

Freundlichkeit des Patriarchen wohl zu bedeuten? Sie steckten für Augenblicke die Köpfe zusammen, flüsterten leise miteinander, warfen sich stirnrunzelnde Blicke zu – alle außer Carl-Johann Gustafsson junior natürlich, der sich mit seinem Bombergeschwader beschäftigte.

Schließlich hatten alle ihre Plätze gefunden und die verschlossenen Umschläge ratlos geprüft.

Das Getuschel verebbte. Nur das Feuer knisterte.

Bengt Gustafsson spielte nervös mit dem silbernen Serviettenring, auf dem das Familienwappen eingraviert war. Wieder und wieder schob er seine Finger zwischen das kühle Metall und das gestärkte, strahlend weiße Leinengewebe. Als er bemerkte, dass Susanna ihn beobachtete, hörte er sofort damit auf. Es schien Susanna, als müsse er sich beherrschen, nicht davonzulaufen. Ob das an seiner aufgetakelten Freundin lag, die aussah, als sei sie in ihrer fast schon ordinären Aufmachung einem Gemälde von Otto Dix entstiegen? Lisa wirkte unter ihrem dicken Make-up gelangweilt, so als habe man sie für diesen Auftritt schlecht bezahlt und ihr stattdessen Amüsement versprochen, das aber ausblieb. Trotzdem, das musste Susanna zugeben, ging von ihr eine gewisse professionelle Contenance aus.

Sofia Gustafsson rückte sich den prall gefüllten Blazer zurecht und drehte ihre Halskette um drei Perlen weiter nach links.

Magnus Gustafsson räusperte sich etwas zu laut.

Birgitta Gustafsson stieß ihn dafür in die Seite.

Carl-Johann Gustafsson junior wollte eben seinen Bombern einen erneuten Angriffsbefehl erteilen, doch seine Mutter, Anita Gustafsson, die nun die Flugaufsicht endgültig übernommen zu haben schien, verhinderte das Ansinnen, indem sie das Kind unsanft am Handgelenk packte. Das zeigte Wirkung. Die Staffel fügte sich zähneknirschend dem Oberbefehl.

Anitas Mann, Ingemar, kratzte sich zunächst am Kinn, dann lockerte er ein wenig seinen Krawattenknoten und schob sich die Brille höher auf die glänzende Nase.

Jan-Erik Gustafsson schenkte sich das Glas noch einmal voll, das er still und heimlich bereits geleert hatte. Kurz blickte er sich um, lediglich ein Rest von Anstand schien ihn daran zu hindern, auch diesen Champagner sofort hinunterzukippen. Dann aber kam ihm die rettende Idee, wie er seinen Impuls zu trinken mit atmosphärischer Auflockerung elegant vereinen konnte. Er stand auf, griff nach dem Glas, hob es, prostete in die Runde und dann dem Familienoberhaupt zu. »Danke für die Einladung, Großvater«, rief er. »Wir freuen uns alle, hier zu sein! *Skål!*«

Jan-Erik Gustafsson war der Einzige, der trank,

was seiner Freundin, wie Susanna deutlich erkennen konnte, zutiefst zuwider war. Die makellose Viola bewegte sich nicht, saß stocksteif am Tisch, als habe sie einen ellenlangen Eiszapfen verschluckt und keinesfalls vor, ihn jemals wieder durch Herzenswärme schmelzen zu lassen. Sie war Jan-Eriks neuste Errungenschaft und stammte aus bestem Hause, wie seine Mutter hinter vorgehaltener Hand stolz und mehrfach betont hatte. Was das genau zu bedeuten hatte, wusste Susanna nicht, nur dass Violas kommentarloser Blick auf Jan-Erik ihr Innerstes offenbarte. Und das glich im Moment eher der Beringsee mit Packeisschollen als einem tropischen Gewässer mit bunten Clownfischen.

Da erhob sich Carl-Johann Gustafsson erneut von seinem Platz und griff seinerseits zum Glas. Es wurde sofort mucksmäuschenstill. »Ja, Jan-Erik, recht hast du. Auf unser gemeinsames Weihnachten. *Skål!*«

Nun beeilten sich alle, ebenfalls aufzustehen, was einen kleinen Tumult auslöste. »*Skål!*«, ertönte es rundum, begleitet von beipflichtendem Gemurmel.

Carl-Johann Gustafsson trank genüsslich einen Schluck, stellte sein Glas vor sich ab, hob beide Hände und sagte: »Setzt euch, setzt euch bitte, ich möchte euch etwas Wichtiges mitteilen.«

Die Familie tat, wie ihr geheißen. Alle wirkten in Erwartung darauf, was nun folgen würde, äußerst angespannt. Susanna hingegen begann mehr und mehr Spaß an der Zusammenkunft zu finden. Denn alle – alle außer Carl-Johann Gustafsson junior, dem es vornehmlich um flächendeckende Verwüstung durch Attacken im Luftraum über dem Esstisch zu gehen schien, was er mit seiner Mutter vehement ausdiskutierte – waren hier, um etwas zu *gewinnen*. Das war ihr schnell klar geworden. Sie hingegen hatte nichts zu *verlieren*. Das war Freiheit. Doch gespannt auf das, was kommen sollte, war sie ebenfalls. Großvater schien wie verwandelt, es freute sie zu sehen, wie er plötzlich aufblühte.

»Liebe Familie«, sagte Carl-Johann Gustafsson in die angespannte Stille hinein. »Gewiss werdet ihr euch wundern, was in mich gefahren ist. So lange habe ich Weihnachten allein verbracht, jedes Jahr seit dem Fortgang unserer geliebten Frau, Mutter, Großmutter und Urgroßmutter.«

Dann sah er zu ihr. Einen kurzen Moment. Und für den Bruchteil einer Sekunde meinte Susanna, den abgrundtiefen Schmerz in der Seele ihres Großvaters am eigenen Leib zu spüren. Drei Herzschläge lang stach es in der Brust. Und warum zur Hölle musste sie gerade jetzt an die Ostküste der USA denken, verdammt?

Sie schluckte.

Carl-Johann Gustafsson fuhr fort: »Aber keine

Sorge, ich bin noch bei Trost.« Er schmunzelte. »Ich will euch damit sagen, dass ich beschlossen habe, die Zeiten der Trauer zu beenden. Zehn Jahre genügen nach meinem Dafürhalten, und nun sollen andere anbrechen. Was meint ihr dazu?« Er schaute fragend reihum.

War das jetzt gut oder schlecht? Sollte man jubeln oder nicht? Die Unsicherheit stand jedem ins Gesicht geschrieben.

»Zehn Jahre sind genug Trauer«, stimmte Susanna ihrem Großvater zu. »Ich finde, das ist eine super Idee. *Skål!*«

Es dauerte bestimmt fünf Sekunden, bevor jemand reagierte.

»Ja … also … genau … eine super Idee«, beteuerte Susannas Vater, Magnus Gustafsson, und hob ebenfalls sein Glas. Susannas Mutter tat es ihm gleich, allerdings nicht, ohne ihrer Tochter noch einen fragend-vorwurfsvollen Blick zuzuwerfen.

»Stimmt. Eine super Idee. *Skål!*«, rief nun auch Tante Sofia und stieß ihren Gatten Stefan an, der sogleich einstimmte: »Ja, wirklich. Tolle Idee! *Skål!*«

»*Super* Idee«, korrigierte sie ihn.

»Richtig. Genau. *Super* Idee«, sagte Stefan. »*Skål!*« Dann nickte er seinem Sohn Bengt – der ihm mit Freundin Lisa gegenübersaß – so lange auffordernd zu, bis auch dieser »Super!« sagte und das Glas ergriff.

Jan-Erik fragte irritiert und bereits leicht lallend: »Was ist super?«

»Die Idee deines Großvaters«, erklärte ihm Viola knapp. »Hör doch hin!«

»Aha«, sagte Jan-Erik. »Wie auch immer. Dann mal *Skål!*« Damit führte er das Glas zum Mund.

»Meinst du nicht, du solltest etwas weniger trinken?«, fragte Viola ihn. Leise klirrte und knackte der Eiszapfen in ihren stahlblauen Augen.

Er hielt inne, blickte sie an. »Nö. Aber du siehst so sexy aus, wenn du dich ärgerst, wirklich.« Er versuchte, ihr einen Kuss zu geben, aber sie drehte sich weg.

Anita Gustafsson hingegen hatte inzwischen genug. Resolut nahm sie ihrem Sohn die beiden Flugzeuge ab und platzierte sie unsanft unter ihrem Stuhl. »Da bleiben sie jetzt. Schluss. Dass du einen immer und überall blamieren musst.«

Carl-Johann Gustafsson junior verschränkte daraufhin trotzig die Arme und zog ein Gesicht.

»Lass ihn doch. Er ist doch noch ein Kind«, trug Vater Ingemar wenig hilfreich zur Erziehung seines Sprösslings bei.

Anita fuhr herum. »Dann setz du dich doch neben deinen Sohn und lass dir den Abend verderben! Viel Spaß!«

»Aber Anita, ich …«

Carl-Johann Gustafsson klopfte mit seinem Messer

energisch gegen sein Glas, bis alle sich des Anlasses wieder bewusst geworden zu sein schienen und nach und nach verstummten.

»Ich habe mir etwas ausgedacht, das die Familie wieder enger zusammenbringen und mir und vor allem euch große Freude bereiten wird.«

Jedes Geräusch im Raum verebbte. Und selbst die Flammen im Kamin wirkten, als mühten sie sich, leiser zu knistern.

Es war so weit.

Gleich würde er sie verkünden. Die Aufgabe, den Test, die Prüfung, den Beginn der Anhörung. Alles eine Vorstufe des Urteils, welches er über das finanzielle Wohl und Wehe eines jeden Einzelnen fällen würde. So musste es sein. Wer würde was bekommen? Würde jeder etwas bekommen? Der eine mehr, die andere weniger? Und wenn ja, wovon hing das ab? Was hatte sich der Alte ausgedacht?

All diese Fragen schwebten im Raum, ohne Worte, unausgesprochen, still und doch mit einer Bedrohlichkeit, sodass Susanna die Last eines jeden am Tisch zu spüren meinte. Bei jedem, außer ihr und natürlich Carl-Johann Gustafsson junior, der des auferlegten Flugverbots wegen immer noch schmollte.

»Dieses Jahr«, fuhr Carl-Johann Gustafsson dann fort, »habe ich keinen Weihnachtsbaum bestellt, sondern ihr werdet ihn gemeinsam im Wald aussuchen, gemeinsam schlagen, gemeinsam hierherbringen und auch gemeinsam schmücken. In den Umschlägen mit euren Namen auf dem Tisch befindet sich eine Weihnachtsagenda für jeden von euch. Die könnt ihr heute vor dem Zubettgehen studieren. Na, was sagt ihr?«

Carl-Johann Gustafsson war sichtlich begeistert von seiner Idee.

Er strahlte regelrecht.

Die anderen nicht.

In diesem Moment fiel Susanna endlich auf, was fehlte. Natürlich! Es war der riesige Weihnachtsbaum! Warum hatte sie das nicht gleich bemerkt? Er hatte stets auf einer ausladenden, zart bestickten roten Decke gestanden. Weit genug vom Kamin entfernt, um kein Feuer zu fangen, und nah genug am Tisch, um die Herzen aller Anwesenden zu erwärmen. Groß und prachtvoll hatte er damals seine grünen Nordmanntannenäste voluminös und selbstbewusst in den Raum gestreckt, hatte ihn besetzt. Voller Kerzen und reich behängt hatte er bis unter die hohe, holzvertäfelte Decke gereicht. Und ganz oben hatte stets die mundgeblasene mattsilbrige Christbaumspitze gesteckt und in den Himmel in Richtung Christkind, Weihnachtsmann und Engel gezeigt.

Neben dem Baum war der alte *Julbock*, der Weihnachtsbock, aus Stroh platziert gewesen, dessen von unzähligen Kinderhänden ausgefranster Leib mit vielen roten Tüchern umwickelt war. Der *Julbock*, der sich wie die gläserne Christbaumspitze schon immer in Familienbesitz befunden hatte, hatte freundlich neben den wundervoll eingepackten Geschenken gewacht und war, der Überlieferung nach, von Susannas Ur-Ur-Ur-Großmutter eigenhändig gebunden worden, lange bevor die Familie zu Geld gekommen war.

Und dann der wunderbare Weihnachtsschmuck: Holzfiguren, Pferde, Elche, Rentiere, Kugeln in Rot und Gold, Schleifen aus Samt, kleine kunstvoll drapierte Päckchen aus Karton, die Flammen leuchtender Kerzen und unzählige glänzende Kinderträume, Sehnsüchte, Erinnerungen.

All das hatte man erst am Heiligen Abend zu Gesicht bekommen, die Großeltern einträchtig nebeneinanderstehend, Großmutter mit dem alten Glöckchen klingelnd, dessen hellen Ton man nur einmal im Jahr, genau in diesem Augenblick, zu hören bekam.

Es war wunderschön gewesen. Großmutter hatte selig gelächelt. Und Großvater? Er hatte neben ihr gestanden, war gefasst gewesen, so wie immer. Nicht kalt, aber distanziert. Seine Würde hatte die Gefühle stets fest im Griff gehabt.

Dies war nun anders.

Was war geschehen?

Susanna zog die Champagnerflasche aus dem mit Eiswasser gefüllten Kühler, ließ das Wasser etwas abtropfen und schenkte sich den Rest ein.

Sie hätte sich fast verschluckt, als Carl-Johann Gustafsson in diesem Augenblick ebendieses Glöckchen aus längst vergangenen Zeiten ergriff und damit nach Alfred rief. Es musste neben ihm am Platz gestanden haben.

Der alte Hausdiener schien nur auf seinen Einsatz gewartet zu haben. Denn gleich nachdem der Glockenklang verhallt war, öffnete sich die Tür, und Alfred betrat zusammen mit Magda den Raum. Sie schob einen Servierwagen vor sich her, er trug mehrere Flaschen Weißwein in den Händen, die er gegen die Champagnerflaschen in den Kühlern austauschte, während die Köchin Teller mit kleinen Fischhäppchen verteilte. »Sill auf Dillcreme, Flusskrebse in hausgemachter Cognacmayonnaise sowie eine Räucherlachs-Gurken-Variation«, sagte sie und servierte jedem die Vorspeise. Von Zeit zu Zeit strich sie sich dabei die strahlend weiße Schürze um den gemütlichen Leib herum glatt und lächelte.

Das Auftragen der Vorspeise nahm die Familie zum Anlass, endlich zustimmend zu nicken und die Weihnachtsbaumidee ihres Familienoberhauptes mit leisen Bekundungen wohlwollend anzunehmen – alle außer Carl-Johann Gustafsson junior, der noch immer schmollte und außerdem offensichtlich keinen Fisch mochte.

»Alles in Ordnung, *Fröken* Gustafsson, wenn ich mir diese Frage erlauben darf? Sie wirken etwas abwesend. Ist Ihnen nicht wohl?«, erkundigte sich Alfred, als er neben Susanna stand. Er schenkte ihr Sauvignon Blanc ein und ließ die Flasche sanft im Eismeer des Kühlers versinken.

»Doch, doch, es geht mir gut, Alfred, also eigentlich …« Sie zögerte. »… es sind die Erinnerungen und wie sich mein Großvater gewandelt hat«, gestand sie schließlich.

Der Hausdiener schwieg zunächst. Nur seine rechte Augenbraue hob sich (etwa drei Millimeter) an. Dann sagte er: »Liebe und Hoffnung sind das Wichtigste, das wir besitzen. Ich glaube, niemand hier am Tisch weiß, was geschehen wird, doch glauben Sie mir, wenn Gott will, wird alles gut werden. Es ist doch Weihnachten.« Er lächelte sanft und wandte sich Jan-Erik Gustafsson zu, der ihm bereits ungeduldig sein leeres Weinglas entgegenstreckte.

Ratlos nahm Susanna etwas von Magdas selbst gebackenem Knäckebrot aus dem Korb, um es dann appetitlos neben dem Räucherlachs samt Gurke abzulegen.

Irgendwie war ihr mehr nach Sauvignon Blanc.

7

Und genau dieser Sauvignon Blanc war es wohl gewesen, der Susanna irgendwann im Verlauf des Abends mitgeteilt hatte, dass es Zeit war, ins Bett zu gehen. Oder war es doch eher der Aquavit mit dem sanften Kümmelgeschmack gewesen, den Alfred nach dem Essen in eisbeschlagenen Gläsern mit langem Stiel serviert hatte? Waren es zwei Aquavit gewesen? Drei? Und wie viele Gläser Sauvignon Blanc? Susanna schloss die Tür ihres Zimmers hinter sich zu, knipste das Licht an und zog Hose und Bluse aus, bevor sie sich wankend aufs Bett setzte. Sofort begann es, in ihrem Kopf zu rotieren.

Was war das für ein seltsamer Abend gewesen, was für ein seltsamer Tag? Die Fahrt von Stockholm hierher, die vielen Gedanken, hin- und hergerissen zwischen einer banalen SMS an einen Kerl, der irgendwo in Amerika herumgeisterte, und der bangen Vorstellung, was sie hier auf Riksgården wohl erwarten würde. Keine Verteilungsängste, nicht die Sorge um ein mögliches Erbe, wie sie die anderen offenkundig hatten, war es, sondern vielmehr ein eigenartiges, unbestimmtes Gefühl. Sie war immerhin nicht nur an einen entfernten Ort zurückgekehrt, sondern auch in eine noch viel weiter zurückliegende Zeit.

Die Stimmung in der Familie war spannungsgeladen, teilweise unerträglich gewesen. Sie hatte den Gedanken an eine Art Zuhause und die Freude des Wiedersehens mit einem veränderten Großvater schnell zunichtegemacht.

Susanna zog sich den BH aus und betrachtete sich im Spiegel, der über der wuchtigen, barocken Kommode hing. »Selbst schuld. Wer nicht will, der hat schon«, sagte sie trotzig zu einem nicht anwesenden Jörgen. Sie strich sich das Haar zurück, fand die beiden Spangen darin und zog sie heraus, um sie auf das Nachttischchen zu legen. Bei einer klappte es, die andere fiel herunter und hüpfte unters Bett. Sollte sie doch da liegen bleiben. Dann ließ sie sich sanft in die Kissen sinken.

Wieder überfielen sie Gedanken. Wonach nur sehnte sie sich? Nach einiger Zeit des Grübelns fiel ihr endlich etwas Konkretes ein: Lakritze.

»Mist!«, sagte sie und richtete sich auf.

Die Notfalllakritze hatte sie in die Jackentasche gesteckt.

Die Jacke, die Alfred ihr abgenommen hatte.

Die Jacke, die in der Garderobe hing.

Und die Garderobe war unten.

Susanna erhob sich und begab sich ins Bad. Es war klein, hatte aber alles, was man benötigte. Toilette, Dusche, Waschtisch, besser als in vielen Hotels und für ein Privathaus unerhört luxuriös. Hinter die Tür hatte sie ihren roten Satinmorgenrock gehängt. Sie zog ihn an und ging zur Tür.

Vorsichtig drückte sie die Klinke hinunter, trat aus dem Zimmer und schlich den Gang entlang, bis zur Treppe. Leise huschte sie hinunter. Zum Glück befand sich der kleine Garderobenraum genau gegenüber dem Treppenabgang. Susanna durchquerte die Eingangshalle. Es drang noch Licht aus dem Kaminzimmer, und sie meinte auch, leise Stimmen auszumachen. Der große Saal, in dem sie heute Abend gegessen hatten, war hingegen verschlossen. Sicher hatten Magda und Alfred längst abgeräumt und fürs Frühstück eingedeckt.

Sie erreichte die Garderobe, öffnete die Schiebetür gerade so weit, dass sie sie betreten konnte und genug Licht hineinfiel. Als sie in die Tasche ihrer Jacke griff, vernahm sie das verheißungsvolle Knistern der Notfalllakritzpackung. Eben wollte sie die Tüte an sich nehmen, da hörte sie näherkommende Schritte.

Sie erstarrte.

Natürlich gab es überhaupt keinen Grund, den Atem anzuhalten und sich zwischen die Jacken zu drücken. Total kindisch war das. Trotzdem verhielt sie sich intuitiv genau so. Vielleicht, weil sie nicht erklären wollte, was sie hier mitten in der Nacht auf Socken und in einem roten Satinmorgenrock machte. Vielleicht aber auch, weil es ein in der Jugend antrainierter Reflex war, sich in einer solchen Situation so und nicht anders zu verhalten. Oder aber, weil man seinem Heißhunger nach Lakritze um diese Uhrzeit nur nachkam, wenn man erhebliche Mengen Sauvignon Blanc und Aquavit intus hatte, was irgendwie peinlich war.

Sie hielt also den Atem an.

Die Schritte verstummten.

Susanna lauschte angestrengt. Das gehörte sich zwar nicht, aber sie tat es trotzdem.

»Ich sage dir, dein Vater tut nur so. Hast du nicht das Funkeln in seinen Augen gesehen?« Es war Tante Sofia. Flüsternd, aber deutlich genug.

»Meinst du? Ich weiß nicht …«, versuchte ihr Mann, Stefan Gustafsson, zu widersprechen.

Doch seine Frau zischte: »Du und deine Einschätzungsgabe! Wie oft hast du schon danebengelegen. Hör wenigstens ein einziges Mal auf mich. Wenn ich dir sage, der Alte spielt ein Spiel mit uns, dann kannst du dich darauf verlassen. Und ich will, dass wir meinen Plan umsetzen. Du wirst sehen, das wird ihn beeindrucken, auch wenn ich mittlerweile glaube, dass er über die Jahre ein wenig weich im Oberstübchen geworden ist. Was für ein Schwachsinn! Gemeinsam einen Baum schmücken. Mit *denen*!«

Das *denen* sprach Sofia Gustafsson dermaßen abfällig und angewidert aus, dass Susanna inmitten ihres Stoffverstecks beinahe einen üblen Geruch wahrzunehmen glaubte, der diesem Wort anhaftete. Und wen ihre Tante damit meinte, erläuterte sie auch gleich. »Magnus ist ein selbstgefälliger Aufschneider, der sich in einer Position in der Firma sonnt, die er nicht verdient hat. Und dann Birgitta, dieser mit Klunkern behangene Hungerhaken. Der geht es doch nur um Statussymbole. Hast du ihren Schmuck gesehen? Was denkt sie denn, wer sie ist? Gräfin Gustafsson?«

»Sie ist die Frau meines Bruders«, sagte Susannas Onkel vorsichtig, »und deine Schwägerin.«

Und meine Mutter!, dachte Susanna erzürnt. Auch wenn sie nicht das allerbeste Verhältnis zu ihr hatte: Das ging eindeutig zu weit, und diese Lästerei widerte sie an. Am liebsten hätte sie die beiden damit konfrontiert, doch sie hielt sich zurück. Die Neugierde, wissen zu wollen, was Tante Sofia ausheckte, war einfach zu groß.

»Ja, allerdings, das ist sie«, fuhr diese fort. »Und wenn du willst, dass sie bald auch die Frau des alleinigen Geschäftsinhabers ist, dann mach nur so weiter. Ich kenne Birgitta lange genug. Sie hat bestimmt etwas vor.«

»So wie du?«

Susanna konnte den Blick nicht sehen, den ihre Tante ihrem Onkel in diesem Moment zuwarf, aber sie konnte sich vorstellen, dass nur wenig Liebe darin liegen dürfte. Stefan Gustafsson sagte nichts mehr.

»Morgen fahren wir in die Stadt und besorgen die Sachen. Gleich nach dem Frühstück.«

»Meinetwegen«, gab er sich geschlagen.

»Gut. Und jetzt geh zurück und geselle dich noch ein Weilchen zu den anderen. Vielleicht verplappert sich ja jemand von ihnen, falls sie etwas vorhaben. Abgesehen davon schadet es ja auch nicht, wenn dein Vater dich vor dem Zubettgehen noch einmal zu Gesicht bekommt. Mach einen guten Eindruck. Hörst du? Bis später, mein Hase, und wenn du nicht allzu spät kommst, vielleicht ist deine willige Häsin dann noch wach ...«

Susanna erschauderte. Sie versuchte, aufkommende Bilder an Tante Sofia im XXL-Negligé zu verdrängen.

Dann hörte Susanna, wie jemand die Treppe hinaufging und sich jemand anderes in Richtung Kaminzimmer entfernte. Als keine Geräusche mehr zu vernehmen waren, zog sie endlich ihre Notfalllakritze aus der Jackentasche und lugte aus dem Garderobenraum hinaus. Niemand war zu sehen, und so huschte sie über den Gang zurück in ihr Zimmer.

Wenig später lag Susanna notfalllakritzkauend im

Bett und starrte gedankenverloren ins Zimmer, die voluminöse Daunendecke bis unters Kinn gezogen. Nun wusste sie, dass die nächsten Tage noch einiges an Überraschungen und wohl auch Unterhaltungspotenzial bargen. Doch in diese Gedanken mischte sich auch ein Gefühl von Enttäuschung. Ihre Familie war einfach nicht in der Lage, auch nur eine kurze Zeit miteinander auszukommen und sich so zu benehmen, wie es eine Familie tun sollte. Großvater tat ihr in diesem Moment leid, denn sie nahm ihm den schlichten Wunsch, das Weihnachtsfest im Kreise seiner Nächsten feiern zu wollen, sehr wohl ab. Alfreds Worte kamen ihr in den Sinn. *Wenn Gott will, wird alles gut werden. Es ist doch Weihnachten.*

Susanna legte die Lakritztüte auf die Kommode und machte das Licht aus. Sie schlief schnell ein und träumte davon, dass eine Schar Engel sich aus den Wäldern rund um Riksgården erhob. Ihre gesamte Familie stand demütig und vereint vor diesem himmlischen Schauspiel. Alle hatten sich an den Händen gefasst, und es war warm, trotz des vielen Schnees, der ihnen bis zu den Knien reichte.

Als sich Susanna nach links wandte, war es Jörgen, der ihre Hand hielt, sie anlächelte und dann küsste.

23. Dezember
Der Tag vor Weihnachten

8

Der nächste Morgen begann für Susanna spät. Sie fühlte sich ein wenig verkatert und leicht verklebt. Zum einen, weil sie die Nachwehen des Sauvignon Blancs spürte (oder doch einen der Aquavit?), und zum anderen, weil sie feststellen musste, dass sie sich das Nachtlager mit einigen Notfalllakritzstückchen geteilt hatte, die ihr nun in den Haaren klebten. Es ziepte unangenehm, als sie sich die durch ihre eigene Körpertemperatur aufgeweichten und damit äußerst anhänglichen gezuckerten Geleeklümpchen aus den Haaren kämmte.

Nachdem sie die zerdrückten Überreste der schwarzen Süßigkeit so gut es ging entfernt hatte, öffnete sie die Fenster und die Fensterläden. Sofort strömte ein morgenfrischer Luftzug herein und streichelte sie im Gesicht.

Die dichte gelbliche Wolkendecke, die tief über dem Mälaren hing, gab ein fahles Licht ab. Das Wasser verlor sich in der Unfassbarkeit einer nebelverhangenen Oberfläche. Es war beeindruckend anzusehen von hier oben. Und doch lag trotz dieser Schönheit eine gewisse Spannung über allem. Das Wetter schien sich auf etwas Großes vorzubereiten. Es sah aus, als würde Frau Holle jeden Augenblick mit Inbrunst ihre gesamte Bettwäsche auszuschütteln beginnen.

Da hörte Susanna, dass ein Auto angelassen wurde, und sah, wie der alte Volvo ihres Großvaters kurz darauf aus der Garage neben dem Scheunengebäude rollte, das linker Hand ein wenig abseits lag. Lang und schwarz glänzend wie eine Staatskarosse aus vergangenen Tagen schob sich das Fahrzeug knirschend über den offenbar am Morgen geräumten Weg.

Nun bemerkte sie auch den Trecker mit dem frontseitig montierten Schneeblatt. Daneben – sie traute ihren Augen kaum – stand ihr Auto. Der rechte Scheinwerfer war zersprungen und Teile des Glases fehlten, so wirkte es zumindest von hier oben. Doch darüber hinaus schien es den Ausflug in den Graben weitestgehend unbeschadet überstanden zu haben. Alfred musste es heute in aller Herrgottsfrühe hierhergeschleppt haben.

Der Volvo kam mit einem souveränen Motorbrummen unter ihrem Fenster vorbei. Alfred saß am Steuer, der Schatten im Fond war bestimmt ihr Großvater. Susanna winkte ihnen, doch das Auto fuhr unbeirrt weiter, bis es am Waldsaum vor der Wegbiegung verschwand.

Da meldete sich ihr Magen und teilte ihr mit, dass es Zeit fürs Frühstück sei. Und Zeit für die Weihnachtsbaumsuche mit ihrer Familie. Ihr kam das konspirative Gespräch von Stefan und Sofia wieder in den Sinn, das sie gestern – rein zufällig natürlich – belauscht hatte. Tante Sofia hatte einen Plan, erinnerte sich Susanna, und sie mutmaßte obendrein, dass ihre eigene Mutter auch einen hatte. Susanna kannte ihre Familie. Das würde bestimmt noch heiter werden auf Riksgården. Man durfte gespannt sein.

Sie schloss das Fenster, suchte sich ein paar frische Anziehsachen heraus und begab sich ins Badezimmer.

Zehn Minuten später kehrte sie zurück und wollte sich eben ihr Handy in die Hosentasche stecken, da sah sie, dass sie eine Mitteilung erhalten hatte. Ihr Herz schlug höher.

> *Hej, Susanna. Ich bin eben in Stockholm gelandet. Habe deine SMS gerade erst gelesen. Amerika war super! Erzähle ich dir demnächst ausführlich. Wie ist die Familienfeier? Muss schön sein, nach so vielen Jahren wieder zusammenzukommen. Ich weiß nicht, ob ich es schaffe. Ich muss zu meinen Eltern, sonst enterben die mich noch ;–) LG, Jörgen*

Puls einhundertzwanzig. Warum nur las man, wenn man verliebt war, so wahnsinnig zwischen den Zeilen? Was war gut an der Nachricht, was schlecht? Gut war, dass er sich überhaupt gemeldet und scheinbar tatsächlich in Betracht gezogen hatte, zu kommen. Na ja, zumindest war er darauf eingegangen, ob aus Diplomatie oder ernstem Interesse konnte man natürlich nicht sagen.

Susanna las die SMS noch dreimal, dann ließ sie das Telefon in der Tasche ihrer Jeans verschwinden. Vielleicht war es auch völlig bescheuert gewesen, ihm den Vorschlag gemacht zu haben. Wie klang das denn? *Hej, Typ. Wir kennen uns zwar erst ein paar Wochen, aber ich würde dich gern gleich meiner kompletten Familie vorstellen. Geht doch klar, oder hast du an Weihnachten etwa schon was anderes vor? Nägel und Köpfe und so weiter, du verstehst?*

Es klang schlichtweg behämmert. Wer oder was hatte sie da nur geritten? So war sie doch normalerweise gar nicht.

Ebenso glaubte sie, Jörgens Worten eine gewisse Unverbindlichkeit entnehmen zu können. *Demnächst* wolle er ihr von Amerika berichten. Was sollte das heißen? Wenn ihr jemand sagte, er zahle ihr das Bild *demnächst*, dann wusste sie, dass es mindestens einen Monat dauern würde, bis das Geld auf ihrem Konto gutgeschrieben war. Wenn nicht länger. *Demnächst* konnte alles sein, in ein paar Stunden oder einem Quartal. Außerdem hatte er nicht einmal *Liebe Grüße* geschrieben, sondern nur *LG*. Wenn er nicht einmal dafür Zeit hatte, hatte er dann überhaupt Zeit für die Liebe? Für die Liebe zu ihr?

Susanna atmete tief durch und gestand sich ein, dass Jörgen es ihr ziemlich angetan hatte. Und sie befand, dass diese SMS allemal besser war, als wenn er gar keine geschrieben hätte. Sie straffte die Schultern und versuchte, ihre Gedanken auf die Weihnachtsbaumsuche und das anstehende Frühstück zu lenken. Dann öffnete sie die Tür und verließ ihr Zimmer.

Alle saßen noch am Tisch. Carl-Johann Gustafsson junior hatte zur Freude aller Anwesenden die unermüdlichen Piloten seiner Bomberstaffel bereits zum Morgenappell antreten und die Maschinen aufsteigen lassen; sie überwachten aktuell den Luftraum zwischen Kamin und fehlendem Weihnachtsbaum. Ab und an fiel leise pfeifend eine imaginäre Bombe herab.

»Guten Morgen«, sagte Susanna betont fröhlich und nickte in die Runde. Sie setzte sich auf ihren angestammten Platz, vor das einzige noch unbenutzte Gedeck und schenkte sich Kaffee aus einer der silberfarbenen Thermoskannen ein, dazu Milch aus einem zierlichen Porzellankännchen mit Blumendekor.

Ihr Gruß wurde nur verhalten erwidert. Sie schien in eine Diskussion geplatzt zu sein, die ihretwegen unterbrochen worden war. Lediglich Jan-Erik, der vom gestrigen Abend erheblich gezeichneter wirkte als Susanna, meinte: »Na, schon ausgeschlafen?«

Susanna nippte am Kaffee. Er war heiß und gut. »Ich schon. Du hättest allerdings noch ein paar Minütchen liegen bleiben sollen, so wie du ausschaust«, entgegnete sie trocken. Dafür kassierte sie einen Seitenblick von ihrer Mutter und Jan-Erik einen von seiner Freundin Viola, die sich Susannas Meinung anzuschließen schien. Jan-Erik kümmerte sich nicht darum, zog kurzerhand sein Telefon aus der Tasche und tippte darauf herum. Ein erfolgreicher Geschäftsmann kennt keine Pausen oder Feiertage. Das gilt nur für gewöhnliche Angestellte.

Bengt spielte wieder mit dem Serviettenring und schien mit seinen Gedanken ganz woanders zu sein. Seine Begleitung, Lisa, sah immer noch hübsch, heute früh jedoch sehr müde aus. Aber wohl mehr, weil sie mit sich und dieser sie offenbar unfassbar langweilenden Familienzusammenkunft wenig anzufangen wusste. Ihr fielen fast die Augen zu.

Anita beäugte indes unentwegt ihren kleinen Bomberstaffeladmiral, allerdings wahrscheinlich weniger aus pädagogischem Interesse als vielmehr aus Sorge um Geräuschpegel und Inneneinrichtung. Ihr Mann, Ingemar, hatte die Hände gefaltet und blickte stumm vor sich auf den Tisch. Eben fiel Susanna auf, dass ihr Vater und Onkel Stefan exakt die gleiche Pose eingenommen hatten. Es wirkte beinahe, als seien sie gemeinsam in ein stilles Gebet versunken, als würden sie in synchronisiertem Flehen inbrünstig um etwas bitten. Zum Beispiel um Familienfrieden und dass ihren Ehefrauen kein Grund einfiel, um einen Streit vom Zaun zu brechen.

Als Susannas Blick auf ihre Mutter Birgitta und Tante Sofia fiel, sah sie sich bestätigt. Die beiden hatten die Arme trotzig vor der Brust verschränkt und die Augen zusammengekniffen. Sie wirkten, als seien sie jederzeit zu einer Eruption verheerenden Ausmaßes bereit.

»Alles klar bei euch?«, erkundigte sich Susanna mit einem süffisanten Lächeln. Sie sah dabei abwechselnd ihren Vater und ihren Onkel an, wohlwissend, dass sie damit überfordert waren. Ihre Mutter und ihre Tante ignorierte sie, als habe sie nichts von den emotionalen Lichtbögen bemerkt, die zwischen den beiden tanzten wie Gewitterblitze.

»Öh … ja … also … ja, alles bestens«, gab ihr Vater zurück. »Schönes Wetter zum Spazierengehen.«

»Was soll denn sein?«, fragte Onkel Stefan.

Vulkan Nummer eins spuckte sofort Verballava über den Tisch. »Ja, klar, was soll schon sein?«, ereiferte sich Sofia Gustafsson und warf ihrem etwas verängstigt wirkenden Gatten einen Seitenblick zu, der beißende Schwefeldämpfe zu enthalten schien. Dann äffte sie Susannas Vater nach und verzog das Gesicht zu einer Grimasse: »Schönes Wetter zum Spazierengehen. Pah! Wir holen den Baum gemeinsam, und ihr werdet es doch abwarten können, bis Stefan und ich aus der Stadt zurück sind. Wir müssen noch etwas Wichtiges besorgen, ist das denn so schwer zu verstehen?«

Susanna nahm sich eine von Magdas hausgemachten *Kanelbullar*, schenkte sich heißen Kaffee nach und stippte den Zimtkringel hinein. Dann lehnte sie sich zurück und biss lustvoll ein Stück ab. Er schmeckte überirdisch lecker.

Nun war, bedingt durch die spannungsgeladene familiäre Plattentektonik, auch Vulkan Nummer zwei nicht mehr zu bändigen. Birgitta Gustafsson ließ es sich ebenfalls nicht nehmen, ihre Kontrahentin nachzuäffen: »Bäh, bäh, bäh, etwas Wiiiichtiges besorgen. Lächerlich! Was kann schon so wichtig sein, dass wir Großvaters Aufgabe nicht zuerst erfüllen, liebste Schwägerin?«

»Jetzt nennst du ihn schon *Großvater*? Widerwärtig! Dir geht's doch nur ums Geld!«, eruptierte Sofia Gustafsson erneut.

»Dass ich nicht lache!«, spie Birgitta Gustafsson zurück. »Und dir geht es natürlich nur um die alte Scheune und den wackligen Steg am See und das tolle Ambiente, nicht wahr? Wenn hier einer machthungrig und geldgierig ist, dann ja wohl du!«

Mehr und mehr verzerrten sich ihre Gesichter zu grotesken Fratzen, wie auf Gemälden von Hieronymus Bosch, Edvard Munch und Salvador Dalí!

Susanna bemerkte, dass sich das Bombergeschwader im Hintergrund der gegebenen Akustik anpasste und immer lauter wurde. Die eine Maschine vollführte ein Looping mit Maschinengewehrsalven, die andere flog eine unter regulären physikalischen Umständen unmögliche, aber dennoch elegante Rolle, nur um die andere danach mit Raketen von der Flanke her anzugreifen. Doch niemand sonst beachtete den kleinen Carl-Johann.

»Schatz, lass uns doch vernünftig reden«, versuchte Magnus Gustafsson nun, den Ausbruch seiner Frau zu stoppen.

Doch die fauchte nur: »Das sieht dir wieder einmal ähnlich! Statt dass du mich verteidigst und nur ein einziges Mal eingestehst, was du sonst zu Hause immer herumposaunst, nämlich, dass du der Erstgeborene bist und daher größere Ansprüche auf den Besitz deines Vaters geltend machen könntest, fällst du mir jetzt in den Rücken!«

»So etwas sagst du zu Hause?«, erkundigte sich Stefan Gustafsson verstört bei seinem Bruder.

Dieser geriet sichtlich in Verlegenheit. »Nein … ich meine … nein … also … ich bin doch der Ältere, oder?«

»Und?«, hakte Stefan Gustafsson nach.

»Siehst du!«, brach es aus Sofia Gustafsson heraus. »Was ich dir schon immer gesagt habe. Er und sein feiner Sohn versuchen sehr wohl, dich mit allen Mitteln aus dem Geschäft zu drängen.«

Jan-Erik erhob sich. »Ich muss mal telefonieren. Wichtig. Geschäftlich.« Damit verließ er den Raum. Er interessierte sich nicht für Kunst, in welcher Form auch immer, und scheinbar auch nicht für den Streit um das potenzielle Erbe einer Kunsthandelsdynastie.

»Wie bitte? Was heißt hier ›feiner Sohn‹? Was soll denn das?«, mischte sich Ingemar Gustafsson nun ein, als er begriffen hatte, dass er gemeint war, und verschränkte ebenfalls die Arme. Selbst Anita, seine Frau, wandte ihren Blick von Carl-Johann Gustafsson junior ab und rückte demonstrativ näher zu ihrem Mann.

Susanna schaute in die Runde, sah in die verbitterten oder überforderten Gesichter, schüttelte den Kopf und schluckte das letzte in aromatischen Kaffee eingeweichte Stückchen *Kanelbulle* hinunter. Eigentlich war diese Familie der fleischgewordene Beleg dafür, dass man so ziemlich gegen jedes der zehn Gebote verstoßen und trotzdem gut leben konnte, zumindest materiell. Die ganze Sippe passte zu Weihnachten wie der Teufel zum Weihwasser.

»Leute!«, rief sie. »Wo liegt denn das Problem? Tante Sofia soll eben mit Onkel Stefan in die Stadt fahren und besorgen, was immer sie besorgen will, und wir anderen warten hier bis nach dem Mittagessen und vertreiben uns die Zeit. Danach gehen wir alle gemeinsam in den Wald und suchen uns den Baum aus. Mehr will Großvater doch nicht. Also nehmt euch mal zusammen. Ist das denn so schwer? Morgen ist Weihnachten, verflucht!«

Sofia Gustafsson setzte ein triumphierendes Gesicht auf und wollte schon etwas sagen, da legte Stefan Gustafsson seine Hand auf ihren Arm, und sie klappte den Mund wieder zu, auch wenn es ihr sichtlich schwerfiel.

Alle schwiegen und wirkten, als fühlten sie sich irgendwie ertappt oder vorgeführt.

Nur die Bombermotoren summten leise.

Feuerpause.

Als Magda begann, den Tisch abzuräumen – die anderen hatten den Raum längst verlassen –, erkundigte sich Susanna, wohin ihr Großvater heute Morgen gefahren sei. So erfuhr sie, dass er es sich nicht hatte nehmen lassen, selbst den *Julskinka*, den traditionellen Weihnachtsschinken, den es morgen Abend geben sollte, sowie Fisch und Wildbret bei einem befreundeten Bauern und Jäger abzuholen. Ihm mache das Freude, habe er gesagt, und das gehöre als Gastgeber einfach dazu. Sie erkenne ihn gar nicht mehr wieder, sagte Magda noch leise. Dann stapelte sie weiter Teller, Tassen und Brotkörbe auf ein dermaßen großes Tablett, dass es aussah, als könne sie es nie und nimmer alleine in die Küche tragen. Doch sie hob es ohne sichtliche Anstrengung an und schritt mit der Würde einer erfahrenen Hausdame aus dem Zimmer. Susanna sah ihr nach, bis sie in der Küche verschwunden war. In diesem Moment erblickte sie Bengt.

Er wanderte scheinbar ziellos in der Eingangshalle umher, die Hände in den Taschen seiner Nadelstreifenhose, und betrachtete die Gemälde. Vor dem mit den Engeln blieb er stehen. Als er Susanna bemerkte, sagte er: »Zauberhaft, ganz zauberhaft, nicht wahr? Ob es wertvoll ist? Hm, das weiß ich auch nicht, aber es ist einfach zauberhaft.«

Susanna stellte sich zu ihm und schaute ebenfalls auf das Ölbild. »Großmutter hat es ihm geschenkt, kurz bevor sie starb. Wusstest du das?«

Bengt sah sie erstaunt an. »Nein. Wirklich?«

Wieder wandte er seinen Blick dem Bild zu. »Zauberhaft. Als habe es eine verborgene Macht inne.«

»Wo sind die anderen?«, wollte Susanna wissen.

»Jan-Erik führt immer noch irgendwelche unglaublich wichtigen Telefonate. Er befindet sich im Kaminzimmer. Lisa auch. Viola ist, denke ich, hochgegangen, Anita, Carl-Johann und Ingemar sind draußen, und meine Eltern sind in die Stadt gefahren.«

»Alles klar mit dir und Lisa?«

Bengt blickte Susanna an. »Ja, ja, natürlich. Wieso nicht? Was meinst du?«

»Ach, nichts. Sie wirkt nur ein wenig desinteressiert und, nimm es mir nicht übel, deplatziert. Sie langweilt sich furchtbar, oder?«

Bengt lachte. »Also, was du wieder für Sachen denkst. Unfug! Alles ist bestens.« Dann sagte er: »Deine Eltern wollten übrigens in den Wald, falls es dich interessiert.«

»In den Wald?«

»Ja. Ein wenig frische Luft schnappen, hat deine Mutter wenigstens behauptet.«

Susanna wusste zwei Dinge. Erstens, ihre Mutter hasste es, spazieren zu gehen, sogar bei Sonnenschein. Sie würde niemals von sich aus losmarschieren, erst recht nicht, wenn ein halber Meter Schnee lag, selbst wenn er romantisch aussah. Und zweitens: Ihre Mutter stand Tante Sofia in punkto Pläneschmieden und Strippenziehen wirklich in nichts nach. Und falls sie tatsächlich mit Susannas Vater in den Wald gegangen war, hatte das definitiv etwas zu bedeuten.

9

Es war heller geworden, aber auch kälter. Susanna schloss die Haustür hinter sich und zog sich die Kapuze über den Kopf. Ihr Atem bildete dicke Wölkchen, als sie die Treppe hinab und quer über den Hof ging. Zwischen der Scheune und der uralten knorrigen Ulme befand sich der Abgang zum See.

Bevor sie sich dahin aufmachte, begutachtete sie ihr Auto. Sie hatte sich nicht getäuscht. Der rechte Scheinwerfer war tatsächlich zersplittert, einige Scherben lagen sogar noch im Reflektor der Lampe. Auch der vordere Kotflügel hatte eine Kleinigkeit abbekommen. Eine Schramme, wahrscheinlich von einem Stein oder Eisklumpen, der im Schnee gesteckt hatte, reichte von der Stoßstange bis zur Fahrertür. Nichts davon würde die Versicherung bezahlen. Vielleicht konnte sie sich den Scheinwerfer gebraucht vom Schrottplatz besorgen und dann einbauen lassen. Alles andere lohnte sich für dieses Auto auch nicht mehr. Ihren Vater würde sie auf keinen Fall darum bitten, ihr unter die Arme zu greifen. Und mit dem Kratzer kam sie zurecht. Er störte sie nicht, ein Leben ohne Narben gab es nicht. Manche fanden so etwas hässlich, sie nannte so etwas Charakter.

Susanna holte die Handschuhe aus der Jackentasche und streifte sie über. Dann ging sie den Trampelpfad zum Ufer hinab. Sie musste achtgeben, dass sie nicht ausrutschte, denn der Schnee war stellenweise festgetreten und vereist. Hier war unlängst schon jemand entlanggegangen.

Nach wenigen Metern erreichte sie ihr Ziel, und die Weite des Gewässers bot sich ihr dar. Sie betrat den wackligen, alten Steg, von dem aus sie als Kinder in den nicht enden wollenden Sommerferien immer ins Wasser gesprungen waren. Damals als Bengt, Ingemar und Jan-Erik noch ihre Spielkameraden gewesen waren. Damals. Sie lächelte, bestaunte das Schauspiel aus Wasser, Licht und Erinnerungen.

Der Sonnenstand war noch immer kaum zu erahnen, denn der Frühnebel hielt sich zäh wie Honig über dem Mälaren und floss dermaßen langsam aufs Land, als gälten für ihn die Regeln der Zeit nicht. Er schlug sich an den blattlosen Ästchen der Ufervegetation und den Planken des Stegs als feinstes Tuch funkelnder Kristalle nieder. Susanna kramte Feuerzeug und die Marlboros aus ihrer Tasche, zog mit den Lippen eine Zigarette aus der Schachtel und zündete sie sich an (was gar nicht so einfach war mit Handschuhen). Genüsslich inhalierte sie den Tabakrauch und blies ihn in die eiskalte Luft, was ihre Atemwolken noch voluminöser machte. Beinahe meinte sie, das knisternde Abbrennen der Zigarette wahrzunehmen, so still war es.

Sie schloss die Augen.

Und dachte an Jörgen.

Mit einem Mal zuckte sie zusammen. Zuerst hörte sie lautes Brummen wie von einem Motor, dann durchdringendes Pfeifen wie bei einem Bombenabwurf und schließlich einen gellenden Schrei und das Platschen von Wasser.

Sie sah sich hastig um. Ein Kind schrie.

Fast wäre Susanna selbst in den See gestürzt, als sie über die vereisten Bohlen hastete, um das Ufer zu erreichen. Dort hatte sie Wellen gesehen, die sich auf der ansonsten spiegelglatten Oberfläche des Wassers ausbreiteten und dünne Eisschollen zum Tanzen brachten. Sie lief nach rechts und eilte weiter. Dann sah sie die Bescherung. Zum Glück hatte es der kleine Carl-Johann schon alleine ans Ufer geschafft. Sogar seine Bomberstaffel hatte überlebt, wenngleich mit erheblichen Materialschäden (das Höhenruder der einen Maschine war abgerissen, die rechte Tragfläche der anderen hing abgeknickt herab). In jeder Hand ein Flugzeug, klitschnass und mit feuerrotem Gesicht watete das Kind durch die eisigen Fluten ans Ufer.

Doch Susanna stellte erstaunt fest: Carl-Johann Gustafsson junior weinte nicht, obwohl er in diesem Augenblick jedes Recht dazu gehabt hätte. Oder besser gesagt, er hörte sofort auf zu weinen, als er Susanna erblickte, die auf ihn zuhastete.

»Mensch, Carl-Johann! Was machst du denn für Sachen? Hast du dir wehgetan?«

»Nö.« Trotzig wischte er sich übers Gesicht.

»Komm, wir müssen sofort ins Haus, bevor du dir noch den Tod holst.«

»Ist nicht kalt.« Er schlotterte wie Espenlaub.

»Doch, ist es! Los, komm schon! Du musst aus den Sachen raus, sonst liegst du Weihnachten mit Lungenentzündung im Bett! Außerdem ist es für Flugzeuge ganz furchtbar, wenn die Tragflächen vereisen. Dann können sie nicht mehr fliegen und stürzen ab.«

»Woher weißt du das? Du kannst doch nicht mal richtig Auto fahren.« Seine Lippen sahen schon aus wie blaue Regenwürmer.

»Ich habe gute Verbindungen zu einem Piloten«, erklärte Susanna.

»Wirklich?«

»Ja, echt. Ich kenne mich aus. Los, komm jetzt! Wir müssen schnell ins Haus.« Damit nahm sie ihm sein Spielzeug ab, griff ihn mit der anderen am Arm und zog ihn in Windeseile den Trampelpfad in Richtung Gutshaus, vorbei an der Ulme und weiter, quer über den Hof.

Kurz bevor sie den Treppenaufgang erreichten, fiel Susannas Blick zufällig nach rechts. Am Rand des Waldes, dort, wo ein schmaler Weg begann, der in Richtung des Nachbargrundstücks führte, zeichneten sich die Konturen zweier Gestalten ab, die soeben im Unterholz verschwanden. Die, die voranging, war etwas kleiner als Susanna, drahtig, energisch. Die andere, groß und etwas ungelenk, stakste der ersten hinterher. Keine Frage, das waren ihre Eltern. Aber was machten sie dort? Wollten sie tatsächlich spazieren gehen, wie Bengt erzählt hatte? Susanna konnte es kaum glauben, doch im Moment hatte sie keine Zeit, sich um eine Antwort zu kümmern. Ein Blick auf ihren Neffen gemahnte sie zur Eile. Seine Haarspitzen begannen bereits, zu kleinen Eiszapfen zu gefrieren. Susanna scheuchte ihn die Treppe hinauf, öffnete die Haustür und rief nach Magda.

Keine fünf Minuten später saß der Junge in einer heißen Badewanne, die Magda ihm in Windeseile eingelassen hatte; Carl-Johanns Eltern waren nicht da. Susanna erfuhr, dass diese doch kurzentschlossen mit Tante Sofia und Onkel Stefan nach Stallarholmen gefahren waren. Ihr Kind hatten sie wohl vergessen, oder sich gedacht, dass sich andere auch mal darum kümmern konnten.

Während Susanna in ihrem Zimmer das Flugzeug reparierte, indem sie ein fehlendes Höhenruder durch ein sauber aus Pappe geschnittenes Teil ersetzte, das sie sogar mit Bleistiftschraffur der Camouflage originaler Spitfirelackierungen anpasste, dachte sie über das Schicksal der kleinen Nervensäge nach. Dieses Kind wirkte körperlich gesund und wohlgenährt. Es schien in der Tat, als mangele es ihm an nichts. Carl-Johann Gustafsson junior spielte Tennis und Klavier, er sei gut in der Schule, hieß es, und wurde gefördert, wo es nur ging. Trotzdem habe er es nicht leicht, weil er ja so hochbegabt sei. Was meinte Anita damit? Kannte sie ihren eigenen Sohn nicht oder konstruierte sie für andere und sich selbst ein Wunschkind?

Zum einen konnte sich Susanna kaum vorstellen, dass der ihrer Ansicht nach in musikalischen und sportlichen Dingen eher wenig talentierte Junge mit Freude oder Erfolg seinen Freizeitaktivitäten nachging.

Zum anderen besuchte er eine sauteure Privatschule in Stockholm, deren Betreiber die Schwedenkronen ihrer Kunden wahrscheinlich mehr liebten als bedingungslose Wahrheiten über deren missratenen Nachwuchs – *Wes' Brot ich ess', des' Lied ich sing …*

Sie richtete die Tragfläche des Flugzeugs, die beim Aufprall auf die Wasseroberfläche des Mälaren angebrochen war. Das war die leichtere Aufgabe des Instandsetzungsprojektes. Auch hier half das Klebeband, welches sie sich von Magda hatte geben lassen.

Dann betrachtete sie ihr Werk und befand, dass beide Maschinen wieder einigermaßen einsatzfähig waren. Kurz dachte sie daran, dem Kind die Dinger gar nicht mehr auszuhändigen und das Kriegsspielzeug still und heimlich zu entsorgen. Sie könnte einfach behaupten, sie seien dermaßen ramponiert und aufgeweicht gewesen, dass sie nicht mehr zu retten waren.

Dann aber tauschte sie in Gedanken die Kampfflieger durch Barbies aus (in diesem Fall mit angebrochenem Bein und verlorenem Kleid statt demoliertem Höhenruder und defekter Tragfläche) und versuchte, sich in Carl-Johann juniors Jungenlage zu versetzen. Sie kam zum Schluss: Nein, so etwas machte sie nicht. Denn mit einer Sache hatte ihre Schwägerin vollkommen recht: Carl-Johann Gustafsson junior hatte es nicht leicht. Nur mit der Begründung lagen seine Eltern falsch. Er war nicht unterfordert, er war einsam. Und die Bomberstaffel war lautstarker Ausdruck dessen. Den wollte ihm Susanna nicht nehmen. Das war der Job von Eltern und teuren Privatpädagogen. Nicht ihrer, und den Jungen deswegen anlügen wollte sie schon gar nicht.

In diesem Moment hörte sie, wie draußen ein Wagen vorfuhr. Sie erhob sich, schritt zum Fenster und spähte durch den Vorhang. Es war der Mercedes-Jeep ihres Onkels. Neben ihm erkannte sie Tante Sofia, und im Fond, das mussten Carl-Johanns Eltern sein.

Susanna sah sich bestätigt, als alle vier ausstiegen. Onkel Stefan schlitterte eilig um das Fahrzeug herum, öffnete den Kofferraum und zog nacheinander Mäntel und Jacken heraus. Susanna wollte sich schon abwenden, da stutzte sie. Im Kofferraum befanden sich nämlich nicht nur Kleidungsstücke, sondern auch etwa ein halbes Dutzend prall gefüllter brauner Einkaufstüten aus Papier oder ähnliche Behältnisse – so genau war das von hier oben nicht zu erkennen.

Was auch immer sich in ihnen verbarg, Weihnachtsgeschenke konnten es nicht sein, denn diese waren gemäß großväterlicher Direktive nicht erwünscht. Ganz gleich, ob sich Tante Sofia nun über diese Weisung hinwegsetzte oder nicht, der Inhalt des Kofferraumes musste ein streng zu hütendes Geheimnis darstellen. Denn Sofia Gustafsson trieb ihren Gatten gestenreich an, die Heckklappe schnellstmöglich wieder zu schließen, sie deutete dabei verstohlen aufs Haus. Wenig später verschwanden alle vier aus Susannas Blickfeld.

Die ließ die instand gesetzte Flugzeugstaffel von Carl-Johann Gustafsson junior auf dem Sekretär zurück, schnappte sich das Klebeband und verließ ihr Zimmer.

Beim Mittagsimbiss, der kurz darauf im Kaminzimmer stattfand – Magda hatte Heringssalat mit Roter Bete, Dill und Walnüssen und dazu hausgemachtes

Knäckebrot vorbereitet –, merkte Susanna keinen Ton über das an, was dem Jungen am Vormittag widerfahren war.

Er selbst sprach ebenfalls nicht darüber. Sie hatten sich nur kurz einen Blick zugeworfen, das genügte. Nun gab es eine Stillschweigevereinbarung zwischen Susanna und ihm, und Magda würde ohnehin kein Wort darüber verlieren. Wer über dreißig Jahre bei Carl-Johann Gustafsson im Haus arbeitete, verlor über nichts ein Wort, es sei denn, er wäre explizit von jemandem mit hinreichender Befugnis dazu befragt worden. Wenn also jemand den Grund für Carl-Johann Gustafsson juniors frische Kleidung und seine badewannenroten Wangen hätte erfahren wollen, hätte er dem Jungen gewiss die richtigen Fragen stellen können. So hätte man auch die Verkettung unglücklicher Ereignisse aufgedeckt, die dazu geführt hatten: die Bombardierung der Uferregion des Mälaren, Pilotenungeschicklichkeit, Eiseinbruch, Absturz von Mensch und Maschine in die eiskalten Fluten und als Resultat die Badewanne samt trockenen Sachen.

Da aber weder Anita noch ihr Mann Ingemar sich zu diesen Fragen veranlasst sahen – ja, es ihnen bedauerlicherweise nicht einmal aufzufallen schien, dass ihr Sohn mittlerweile andere Kleidung trug –, blieb das Thema unerwähnt. Lediglich Susannas Mutter, Birgitta Gustafsson, wollte zwischen zwei Heringshappen wissen, ob dem Jungen warm sei.

»War draußen im Schnee spielen«, gab dieser unaufgeregt zurück, und damit war die Sache, obendrein ganz der Wahrheit entsprechend, erledigt.

Nach dem Snack, bei dem auch Bengt, dessen teilnahmslose und überschminkte Freundin Lisa sowie Viola und Jan-Erik Gustafsson anwesend waren, meldete sich Tante Sofia zu Wort. »So. Nun sind wir alle gestärkt. Jetzt gehen wir mal in den Wald und suchen die schönste Tanne, oder?« In ihrer Stimme schwang begrenzte Motivation mit, so als wisse sie bereits, dass man die schönste Tanne mit dieser Sippe zwar sowieso niemals finden würde, dass man es aber wenigstens nach Kräften versuchen müsse.

Susannas Mutter warf ihrem Mann Stefan einen kurzen und irgendwie verschwörerischen Seitenblick zu, woraufhin dieser hastig nickte und sagte: »Gute Idee. Dann wollen wir mal.«

Damit erhob er sich.

Susanna hatte ihre Eltern nicht gefragt, wohin sie vorhin verschwunden waren. Ihr waren nur die dicken Winterstiefel der beiden aufgefallen, von denen der schmelzende Schnee tropfte.

Sofia Gustafsson sah Birgitta Gustafsson an.

Birgitta Gustafsson sah Sofia Gustafsson an.

Beide standen gleichzeitig auf.

»In Ordnung«, sagte Susannas Mutter, »dann gehen wir mal los.«

»Sag ich doch«, sagte Tante Sofia.

Es kam Bewegung in die Runde. Alle strömten aus dem Kaminzimmer, durch die Eingangshalle, am Engelsbild vorbei dem Ausgang entgegen. Bügel klapperten, Jacken und Mäntel wurden aus dem Garderobenraum geholt, Stiefel, Mützen und Handschuhe angezogen, Krägen hochgeschlagen.

Mitten im Tumult öffnete sich die Haustür und Alfred, gefolgt von Carl-Johann Gustafsson, erschien, beide die Hände voller Tüten.

»Aha. Aufbruch. Macht ihr euch auf die Suche?«, erkundigte er sich freudig.

»Ja. Wir wollten eben los. Aber lass dir doch erst die schweren Sachen abnehmen«, sagte Sofia Gustafsson und griff nach den Tragetaschen.

Susannas Mutter schlängelte sich durch die Anwesenden wie eine Forelle im Bachlauf und bot mit ausgestreckten Armen ebenfalls ihre Hilfe an. »Ja also wirklich, Großvater. Was machst du denn? Du solltest nicht so schwer tragen.«

»Darf ich die Damen daran erinnern«, entgegnete dieser, »dass ich zwar alt, aber noch keineswegs hilfsbedürftig oder gar gebrechlich bin. Das ist das Fleisch für das Weihnachtsessen, und ich habe es immer selbst geholt, als wir noch zusammen gefeiert haben.

Früher habe ich die Viecher sogar selbst geschossen und ausgenommen, wenn ihr euch noch erinnert. Auf jeden Fall aber habe ich das Fleisch immer selbst in die Küche gebracht. Und das soll auch genau so bleiben, solange es noch geht. Und heute, das kann ich euch versichern, geht das noch ganz wunderbar. Ich glaube, ich könnte heute sogar noch selbst mit meiner Flinte etwas erlegen, so gut fühle ich mich.«

»Ja, natürlich«, erklärte Tante Sofia sofort und zog ihre Hände zurück, und Susannas Mutter stimmte ein: »Aber Großvater, wir wollten nur helfen. Wenn du es selbst tragen willst, dann ist das natürlich in Ordnung.«

Carl-Johann Gustafsson sah die beiden kurz an. Dann sagte er: »Selbstredend ist das in Ordnung, wenn ich das sage. Wenn ich Hilfe benötige, melde ich mich. Danke für euer Angebot. Alfred, zieh dich bitte um und begleite meine Familie mit dem alten Lastschlitten in den Wald.« Er machte dem Hausdiener ein Zeichen. »Viel Erfolg bei der Baumsuche. Ich bin gespannt, was für ein schönes Exemplar ihr findet.« Mit diesen Worten strich er Carl-Johann Gustafsson junior kurz über den Kopf und schritt erhaben und würdevoll durch die Eingangshalle.

»Das war wohl nix«, feixte Susannas Tante mit einem schlecht unterdrückten Grinsen.

»Es hat halt nicht jeder so viel Übung darin, sich

anzubiedern, wie du, liebste Sofia«, zischte Birgitta Gustafsson zurück.

Onkel Stefan und Susannas Vater enthielten sich jedweden Kommentars. Sie sahen aus, als wollten sie das alles bloß noch irgendwie hinter sich bringen.

Mit einem »Na, dann wollen wir mal« versuchte lediglich Bengt, die angespannte Situation zu entkrampfen. Lisa unterdrückte ein Gähnen und folgte ihm, Viola hakte sich bei Jan-Erik unter, und Anita und Ingemar schoben ihren Sohn Carl-Johann Gustafsson junior, der ohne seine Flugzeugmodelle so plan- und hilflos wirkte wie ein Vogel ohne Gefieder, vor sich her bis zur Haustür.

Susanna wollte sich eben den anderen anschließen, da hörte sie die Stimme ihres Großvaters. »Susanna, sei so gut und komm kurz zu mir.«

Er stand am Ende der Halle vor der Küchentür und winkte sie heran.

Sie wandte sich kurz zur Tür, in der das ungeduldige Gesicht ihrer Mutter erschien. »Kleinen Moment, Mama«, sagte sie und ging auf ihren Großvater zu.

Er lächelte sie an. Seine Augen waren klar. »Ich wollte dir nur sagen, dass ich gerne von dir wissen möchte, was deine Arbeit macht. Du musst mir unbedingt davon erzählen. Wir hatten noch keine Zeit, uns zu unterhalten. Ich mag deine Bilder. Ich habe sie immer gemocht. Und du weißt, wenn ich das sage, hat das Gewicht, denn ich habe in meinem Leben schon einiges an Gemälden zu sehen bekommen.«

»Danke, Großvater. Natürlich.« Susannas Gesicht glühte vor Ehrfurcht, Überraschung und Freude. »Wir können gerne darüber sprechen. Es ist nicht immer leicht als Künstlerin, aber das weißt du ja. Ich versuche, mir trotzdem treu zu bleiben.«

Er ergriff ihre Hand. Aber nach einem kurzen Moment ließ er sie schon wieder los und sein Gesicht wurde wieder so, wie sie ihn kannte. »Geh und hilf den anderen, einen Baum zu finden. Wir reden heute Abend.«

Susanna kam sich in diesem Augenblick vor wie ein kleines Mädchen, wie die Susanna, die sieben oder acht Jahre alt war. Sie nickte, lächelte, wandte sich um und lief auf ihre Mutter und Tante Sofia zu. Beide standen in der Haustür und sahen sie erwartungsvoll und gespannt an.

»Was wollte er von dir?«, fragte Tante Sofia.

»Er hat sich nach meiner Arbeit erkundigt«, antwortete Susanna ehrlich.

»So nebenbei?«, kam es spitz zurück. »Los! Heraus mit der Wahrheit! Was hat er gesagt?«

Susannas Mutter nahm ihre Tochter an den Schultern und versuchte, sie wegzudrehen. Zu Sofia sagte sie abwehrend: »Du hast doch gehört, was meine Susanna gesagt hat. Nichts wollte er, was dich interessieren dürfte. Lass es gut sein.« Dabei zwinkerte sie Susanna zu, als ahne sie eine Verschwörung.

»Er hat sich wirklich nur nach meinen Bildern erkundigt«, versuchte es Susanna nochmal.

»Pah!«, entfuhr es Sofia Gustafsson verächtlich. »Dann eben nicht.«

Und Birgitta Gustafsson meinte leise: »Gut gemacht. Kein Problem. Du kannst es mir später erzählen.« Und zwinkerte ihrer Tochter wieder zu.

Susanna gab auf. »Mach ich. Gehen wir jetzt einen Weihnachtsbaum suchen?«

»Natürlich holen wir jetzt einen Baum«, rief ihre Mutter, so dass es jeder hören konnte. Doch in Susannas Richtung flüsterte sie: »Die werden sich noch wundern.«

»Worüber?«, fragte Susanna.

Doch ihre Mutter hatte bereits von ihr abgelassen, war die Treppe hinuntergeeilt und hatte sich den anderen angeschlossen, die nun unter Führung von Tante Sofia auf den nahen Waldrand zuhielten. Dort wartete Alfred geduldig neben einem alten Holzlastschlitten und mit einer Axt in der Hand auf die Truppe.

10

Es dämmerte bereits, als sie sich wieder auf den Rückweg machten. Der eiskalte Tag verlor zunehmend an Farbe. Dort, wo die Wipfel der Tannen den Blick auf die Wolkendecke freigaben, fiel das letzte matte Licht herab. Vereinzelt rieselten feine Flocken vom Himmel. Alle hatten gerötete Wangen, die Köpfe eingezogen, gingen dicht gedrängt, ganz als wäre die Kälte noch unangenehmer als der Nachhall der intensiven Diskussionen, die man darüber geführt hatte, welcher Christbaum denn nun der richtige sei. Zähneklappern und Zähneknirschen waren gelegentlich nicht leicht voneinander zu unterscheiden.

Nach einem über zwei Stunden dauernden Fußmarsch durch kniehohen Schnee und einem guten Dutzend Vorschlägen hatte man schließlich einen Kompromiss geschlossen und sich auf *den einen* Baum verständigt. Dabei hatte Susanna bemerkt, dass sich ihre Mutter mit Meinungsäußerungen auffallend zurückhielt. Das war in etwa so untypisch für sie wie freiwillig spazieren zu gehen. Beinahe schien es so, als käme es ihr ganz recht, dass die Tanne der Wahl nicht perfekt war.

Susanna hatte ihre eigene Meinung dazu. Zum Aussehen des Weihnachtsbaumes ebenso wie zu den Diskussionen. Beides sagte ihr nicht zu, aber der Auftrag des Großvaters lautete, gemeinsam auszuwählen und gemeinsam zu schmücken. Und spätestens nach seinen Worten zu ihrer künstlerischen Arbeit wusste sie, dass er sich wirklich verändert hatte. Und dass ihm dieses Fest, die Familie und der Baum wichtiger waren, als die anderen glaubten, die nach wie vor ein geschicktes Manöver hinter dem Verhalten des Großvaters vermuteten, sein Vermögen *prae mortem* nach Gutdünken zu verteilen.

Es gab dieses Sprichwort mit dem Fell des Bären … Folglich hatte Susanna nichts gesagt, als die Wahl getroffen worden war, auch wenn sie einen kleineren Baum mit vollerem Geäst vorgezogen hätte.

Die Männer – Bengt, Ingemar, Jan-Erik, Onkel Stefan und Susannas Vater – hatten es sich nicht nehmen lassen, den Baum zu schlagen, und damit Alfred diesen Job abgenommen, der das kopfnickend akzeptiert und dabei die rechte Augenbraue ein wenig angehoben hatte. Etwa drei Millimeter. Nach der Aktion, bei der man sich mehr aus rituellen, denn aus naturbedingten Gründen abgewechselt hatte. Der Stamm maß an seiner dicksten Stelle nicht einmal so viel wie die Kantenlänge einer Postkarte. Als sie nach kurzer Zeit gefallen war, hatte man die gut drei Meter lange Tanne, den Stamm voran, mit mitgeführten Seilen auf den Schlitten gebunden. Dann hatte sich der Tross in Bewegung gesetzt.

Alfred, den Susanna wegen seiner Stoik und dem gänzlich kommentarlosen Ausführen seiner Aufgabe nicht zum ersten Mal an diesem Tag bewunderte, war vorangeschritten.

Er zog den uralten Holzschlitten mit seinen weit nach oben auslaufenden Kufen durchs Gehölz zurück auf den Pfad, den sie zuvor gekommen waren, und weiter dem Waldrand entgegen, in Richtung Gutshaus.

Etwa eineinhalb Stunden später stand der Baum in dem grün lackierten gusseisernen Ständer, der wiederum auf der roten, zart bestickten Decke – beides hatte Magda zusammen mit Susannas Erinnerungen vom Dachboden heruntergeholt.

Und noch während sie die Tannennadeln, die sich von den Ästchen beim Hineintragen auf dem Weg vom Eingang bis ins große Esszimmer gelöst hatten, zusammenfegte, kam Alfred ebenfalls zurück und stapelte die uralten Kisten und Schachteln mit dem Familienweihnachtsschmuck daneben auf den Boden. Susanna bemerkte sogleich die große Schatulle, in der sich die mundgeblasene Familienchristbaumspitze befand. Es gab sie also noch …

»Geschmückt wird aber erst morgen!«, sagte Sofia Gustafsson in die Stille hinein und warf ihrem Mann dabei einen kurzen Seitenblick zu.

»Genau«, pflichtete Birgitta Gustafsson ihr überraschend schnell bei. »Recht hast du. Wir sollten das morgen machen. Gemeinsam.«

»Schön, dass wir uns mal einig sind«, bemerkte Sofia Gustafsson verwundert.

»Finde ich auch«, schloss Susannas Mutter.

Keiner sonst hatte eine Meinung dazu, zumindest keine, an der er die anderen teilhaben lassen wollte.

Alfred schritt zur Tür.

Jan-Erik tippte etwas in sein Handy, blickte kurz auf und bat ihn noch um einen Aperitif, was Viola mit abfälliger Miene quittierte.

Stefan Gustafsson und sein Bruder Magnus standen herum wie bestellt und nicht abgeholt.

Bengt zuckte mit den Achseln.

Lisa sah auf ihre übertrieben mit Strasssteinen besetzte Armbanduhr. Als sie hinausging, starrte Jan-Erik ihr ein wenig zu lange hinterher.

Anita war mit Carl-Johann Gustafsson junior aufs Zimmer gegangen, um ihm neue Sachen anzuziehen.

Ingemar Gustafsson war auf die Toilette verschwunden.

Und Susanna wusste, dass hier etwas nicht stimmte.

Carl-Johann Gustafsson gefiel der Baum. Sagte er wenigstens, auch wenn er ihn einen Moment lang skeptisch beäugt hatte. Denn diese Nordmanntanne war windschief gewachsen, hatte eine schlechte Seite mit weniger Ästen (die Alfred allerdings vorsorglich nach hinten gedreht hatte), und zur Spitze hin wurde der Bewuchs unverhältnismäßig dicht, sodass sie wirkte, als würde sie jeden Moment umfallen. Dennoch lächelte der Patriarch sanft und ließ zur Feier dieses Moments einen guten Tropfen aus seinem Keller auftischen. Susanna war deshalb davon überzeugt, dass ihrem Großvater vor allem gefallen haben dürfte, dass überhaupt ein Baum dort stand, den seine Familie gemeinsam ausgesucht und geschlagen hatte. Die Optik des Gewächses war ihm weniger wichtig.

Ganz gleich, was jeder über den Baum und diesen Tag dachte, das Abendessen verlief in einer gewissen Harmonie. Oder sollte man besser sagen: Beherrschung? Jedenfalls aß man ruhig und unterhielt sich über unverfängliche Dinge. Alle schienen eine Diskussion vermeiden zu wollen. Nicht einmal Carl-Johann Gustafsson junior fiel aus der Reihe. Zwar hatte ihm Susanna seine Bomberstaffel noch vor dem Dinner wiedergegeben, was er ihr mit leuchtenden Kinderaugen gedankt hatte, aber selbst er hielt sich an die unausgesprochene Waffenruhe und wies seine Piloten an, mit den lädierten Maschinen keine allzu lautstarken Angriffe zu fliegen, und wenn, dann höchstens unter Verzicht des Einsatzes von Raketen.

Nach dem Essen versammelten sich alle auf ein Getränk im Kaminzimmer. Lediglich Anita und Carl-Johann Gustafsson junior waren bereits nach oben gegangen. Der Junge musste ins Bett, und auch Anita zog es dorthin. Sie hatte über Kopfweh geklagt, genau wie Viola, Jan-Eriks Freundin. Sie verspüre ebenfalls »einen leichten Druck auf den Schläfen«, wie sie sich ausgedrückt hatte.

Lisa, Bengts aufgetakelte Freundin, sah den beiden Frauen neidisch nach, als sie mit den sich im Tiefflug befindlichen Bombern den Raum verließen. Susanna mutmaßte, dass sie sich darüber ärgerte, dass man ihr zuvorgekommen war und die Ausrede geklaut hatte, diesen abendlichen Umtrunk verlassen zu können. Schon Viola war von Birgitta und Sofia Gustafsson mit skeptischen Blicken bedacht worden. Hätte Lisa nun auch noch behauptet, sie hätte beispielsweise ein geringfügiges Pochen im Hinterkopf oder ein unterschwelliges Wummern hinter den lidbeschatteten Augen, sie hätte sich lächerlich und hochgradig unglaubwürdig gemacht. Dieser Ausredenzug war abgefahren. Und so ließ sich Lisa mit versteinerter Miene neben Bengt auf einem Hocker nieder und nippte stoisch an ihrem Kirschlikör.

Carl-Johann Gustafsson hingegen saß aufrecht und entspannt in seinem ledernen cognacfarbenen Ohrensessel und lauschte den Gesprächen. War Degas besser als Renoir gewesen? Hatten alle Impressionisten sich von Monet beeinflussen lassen? War ein Neo-Impressionismus am modernen Kunsthimmel auszumachen, der wirklich Beachtung verdiente? Lisas Gesicht sprach Bände.

Um kurz nach zehn wurde Carl-Johann Gustafsson überraschend zum Telefon gerufen. Als dieser einige Minuten später wieder ins Zimmer kam, sahen ihn alle fragend an. Außer Lisa. Die ließ sich von Alfred gerade nachschenken und zählte die Flammen des Kaminfeuers.

»Alma«, sagte Carl-Johann Gustafsson knapp.

»Wie? Alma? Wer ist Alma?«, erkundigte sich Sofia Gustafsson neugierig.

»Alma Nyberg, meine Nachbarin«, erklärte er nüchtern. »Sie hat vor ein paar Wochen das Haus der Perssons gekauft, gleich drüben auf dem Nachbargrundstück. Die Perssons sind nach Stallarholmen ins Altenstift gezogen. Hatte ich das nicht erzählt?«

»Nein, das hast du nicht. Und was wollte Frau Nyberg? Ist ihr oder ihrem Mann etwas passiert?«, fragte Birgitta Gustafsson, die sich für ihre Neugierde überhaupt nicht zu schämen schien.

»Mama!«, schalt Susanna.

»Man darf doch mal fragen, oder?«

Carl-Johann Gustafsson nahm wieder in seinem Ohrensessel Platz und trank von seinem Single Malt. »Natürlich kannst du fragen, Birgitta. Und nein, Alma geht es gut. Außerdem hat sie keinen Mann. Sie ist verwitwet so wie ich. Wir telefonieren ein- oder zweimal pro Woche.«

Alle sahen sich an. Selbst Jan-Erik blickte von seinem Mobiltelefon auf. Und sogar Lisa schien plötzlich interessiert. Wahrscheinlich, weil auch sie die Spannung spürte, die sich plötzlich im Raum ausbreitete. In den Augen der Familie lag ungläubiges Staunen, Susanna meinte gar einen Anflug von Aufregung wahrzunehmen.

»Ist sie nett?«, erkundigte sie sich zurückhaltend, aber interessiert.

Carl-Johann Gustafsson lächelte verschmitzt. »Sehr nett.«

»Aber Papa, du wirst doch auf deine alten Tage nicht noch zum Schwerenöter«, scherzte Stefan Gustafsson, und alle mühten sich zu lachen.

»Was heißt hier Schwerenöter? Alma ist allein, ich bin allein, wir wohnen quasi nebeneinander. Mit dieser Frau könnte ich durchaus alt werden, besser gesagt, noch älter, als ich schon bin. Gott hat ja scheinbar nicht gewollt, dass ich den Herbst und den Winter meines Lebens mit eurer lieben Mutter erleben darf.«

Das Lachen verstummte. Nun war sie da, die Panik in den Augen. Was? Heiratet der Alte vielleicht noch einmal? Eine fremde Frau! Wird er einen Ehevertrag machen? Und wenn ja, was steht da drin? Will sie ihn aus- und uns etwas wegnehmen? War das der Grund, weshalb er alle eingeladen hatte? Wollte er das verkünden?

Niemand wagte etwas zu sagen, niemand wollte den morgigen Weihnachtstag belasten. Es war zu riskant, und es war ungewiss, welche Rolle diese Frau spielte. Vielleicht lag man ja auch vollkommen daneben?

Sofia Gustafsson brach schließlich das Schweigen und gähnte wenig damenhaft – eigentlich eher demonstrativ, denn sie wusste sich in aller Regel zu benehmen. »Stefan, wollen wir uns nicht besser zurückziehen? Morgen wird ein anstrengender und aufregender Tag.«

»Wenn du meinst.« Er klang überhaupt nicht müde.

»Ich denke«, hob nun auch Birgitta Gustafsson an, »Magnus und ich werden uns anschließen. Was meinst du?«

»Ich trinke nur noch aus«, sagte Susannas Vater.

Birgitta Gustafsson sah ihren Mann auffordernd an, weil der keine Anstalten machte, die Ankündigung umzusetzen. Wenige Sekunden später hatte er seinen Whisky jedoch geleert und nickte seiner Frau gehorsam zu. Die erhob sich, wünschte allen eine gute Nacht und verließ, Susannas Vater im Schlepptau, das Kaminzimmer.

Tante Sofia wartete genau so lange, bis sie sicher sein konnte, ihrem Schwager und seiner Gattin nicht irgendwo auf dem Weg ins Obergeschoss zu begegnen, aber auch keine Sekunde länger. Dann empfahlen sich auch sie und Stefan Gustafsson.

»Ich gehe dann auch mal«, ließ Lisa als Nächste erleichtert verlauten.

»Ist gut, ich komme bald nach, Liebes«, kündigte Bengt an.

»Lass dir ruhig Zeit«, sagte Lisa. Es klang, als habe sie es genau so gemeint. »Gute Nacht zusammen.«

»Na, dann will ich auch mal schauen, was meine Frau und ihre Kopfschmerzen so machen und ob der Kleine schon schläft«, schloss sich Ingemar Gustafsson an.

»Gute Idee«, ergriff Jan-Erik die Gunst der Stunde und erhob sich ebenfalls, steckte das Handy in die Hosentasche, schüttete noch rasch das halbvolle Glas Whisky hinunter und stellte es geräuschvoll vor sich auf das Tischchen. »Viola hat ja auch Kopfschmerzen«, erklärte er für alle, die das vergessen hatten. Er hatte schon wieder zu viel getrunken.

Bengt zuckte kaum wahrnehmbar, so als habe er die seinen Synapsen bereits befohlene Weisung, auch aufzustehen, in letzter Sekunde durch eine Blitzorder revidiert. Er verharrte in seiner Position, blieb, wo er war. Susanna sah ihm an, dass auch er am liebsten gegangen wäre, obwohl ihn vermutlich außer Lisas kalter Schulter im Bett ohnehin nichts erwartete. Dennoch besann er sich eines Besseren – es wäre zu auffällig und unhöflich gewesen.

Warum kam ihr in der letzten Zeit eigentlich in den unpassendsten Augenblicken immer Jörgen in den Sinn? Er und Großvater hätten sich bestimmt viel zu erzählen. Männer mit interessanten Berufen hatten ihn schon immer genau so fasziniert wie Susanna. Aber Jörgen war nicht da. Er war in Stockholm. Oder auch nicht. Susanna unterdrückte ein Seufzen und trank noch einen Schluck Wein. Dabei betrachtete sie ihren Großvater. Entweder war ihm egal, dass alle sich verkrümelten, oder er ließ sich nichts anmerken – obwohl sie ihn so lange Jahre kannte, war es ihr unmöglich, das mit Bestimmtheit zu sagen. Hatte sie sich jemals gefragt, was in ihm vorging? Hatte sich irgendjemand je darum geschert? Anscheinend nicht. Dieses Fest und die Existenz einer bislang allen unbekannten Alma Nyberg waren Belege dafür.

Die anderen waren verschwunden.

Carl-Johann Gustafsson thronte in seinem cognacfarbenen Lederohrensessel.

Susannas Cousin Bengt wirkte überfordert und ein

klein wenig unruhig. Alfred schenkte ihr Wein nach und servierte ihrem Großvater und Bengt neue Drinks. Kaum dass der Hausdiener wieder hinausgegangen war, sagte Bengt leise »*Skål*«. Dann schwieg er wieder.

Carl-Johann Gustafsson nickte ihm kurz zu und wandte sich an Susanna. »Und jetzt erzähle mir von deiner Kunst«, forderte er sie mit einem Lächeln auf.

24. Dezember
Heiligabend

11

Erst weit nach Mitternacht hatte Carl-Johann Gustafsson die Runde mit einem Blick auf seine goldene Taschenuhr aufgelöst. Bengt hatte sich schon eine halbe Stunde zuvor empfohlen. Er hatte nicht viel gesagt an diesem Abend. Susanna bedauerte das ein wenig, denn Bengt war derjenige, den sie, neben Großvater, in der Familie noch am meisten schätzte, auch wenn sie, spätestens seit sie ihn auf Lisa und ihre Beziehung angesprochen hatte, fest davon überzeugt war, dass ihn ein Geheimnis umgab, eine Lebenslüge.

Bengt war gebildet und wusste viel zu erzählen, insbesondere über Gemälde und Kunst, aber er hatte geschwiegen, lediglich ab und zu kleine Schlucke aus seinem Glas genommen und den Kopf schief gelegt, um aufmerksam zuzuhören, was Susanna ihrem Großvater berichtete.

Von Entwicklungen der Künstlerszene in Stockholm hatte Susanna erzählt, von dem, was moderne Kunst ihrer Ansicht nach ausmachte. Davon, dass der Betrachter stets Teil der Inszenierung war und dass dieser Paradigmenwechsel am besten durch Magrittes berühmtes Bild *La trahison des images* verdeutlicht wurde, als er damit, zum ersten Mal in der Kunst, unmissverständlich darauf hinwies, dass kein Maler Wirklichkeiten und Wahrheiten, sondern immer Abstraktionen derselben schafft, ganz gleich, wie realistisch seine Werke auch aussehen mochten. Susanna erzählte von ihrem Leben, ihrem Atelier und von dem, was sie vorhatte. Ja, sie erzählte sogar von dem Ringkampf einer viel zu kleinen Frau mit einem übergroßen Elch im Schnee und davon, dass die Frau höchstwahrscheinlich gewinnen würde.

Nur Jörgen erwähnte sie mit keiner Silbe. Und sie erzählte ebenso wenig, dass sie mit ihrer Kunst gerade so viel verdiente, dass sie Farben, Leinwand und Nahrungsmittel kaufen konnte und dass sie sich elend fühlte, mit beinahe dreißig immer noch von ihren Eltern finanziell abhängig zu sein.

Es gab einiges, das sie ihrem Großvater gegenüber eingestanden hätte. Aber den Mangel an Liebe und Geld? Nein, niemals!

Dennoch war ihr warm ums Herz geworden, und sie wusste nicht einmal, was sie so freute. Es lag nicht so sehr daran, dass ihr jemand zuhörte, sondern eher, dass *er* ihr zuhörte. Sie spürte das Gewicht seiner Gegenwart, das früher einfach nur schwer gewesen war, ihr nun aber auf eine unergründliche Art und Weise

Sicherheit gab wie ein Anker. Er schickte ihr keine SMS, er saß mit lebendigen Augen vor ihr.

Susanna knipste das Nachttischlämpchen aus und starrte noch einige Minuten ins Dunkel ihres Zimmers, dann schloss sie die Augen und träumte davon, dass ihr Herz leicht wurde und ihre Zukunft diese Bezeichnung verdient hatte.

Mitten in der Nacht schreckte sie hoch. Wenige Augenblicke zuvor war sie mit Jörgen noch im Schlitten des Weihnachtsmanns geflogen. Jörgen hatte Aufnahmen für einen Dokumentarfilm über Schneegänse gemacht. Sie hatte seine Hand gehalten und ihn geküsst. Und sie hätte schwören können, dass sie den Geruch von frischen Äpfeln und Zimt noch in der Nase hatte.

Schlaftrunken setzte sie sich auf und griff nach ihrem Telefon. 2 Uhr 47. Durch das Haus hallten Schreie und wütende Rufe. Und es klirrte. Einbrecher? Unwahrscheinlich. Susanna lauschte. Ein weiteres Klirren, dann ein Rums, als wäre etwas umgefallen. Was auch immer da los war, fest stand: Es war etwas los!

Sie stand hastig auf, zog sich ihren Morgenrock über, verließ das Zimmer und eilte barfuß die Treppe hinab ins Erdgeschoss, wo die tumultartigen Geräusche herzukommen schienen. Das Geschrei wurde lauter, je näher sie der sperrangelweit geöffneten Tür des

Esszimmers kam, aus dem Licht in die dunkle Eingangshalle fiel.

Als sie um die Ecke blickte, traf sie fast der Schlag. Beinahe die ganze Familie war versammelt und stand sich in Grüppchen gegenüber. Ihre Mutter, ihr Vater, Ingemar und Anita auf der einen Seite, Tante Sofia, Onkel Stefan und Bengt auf der anderen. Etwas abseits Lisa, Viola und Jan-Erik.

Susanna war fassungslos und versuchte, sich einen Überblick zu verschaffen. Die Tanne, die sie heute unter Mühen im Wald geschlagen und mithilfe von Alfred hatten hierherschaffen lassen, lag umgestürzt im Raum. Das Wasser aus dem Christbaumständer verteilte sich in einer Lache auf dem Boden und durchtränkte die rote Decke. Dazwischen lagen Scherben von Christbaumkugeln, aufgerissene Kartons und, zu Susannas großem Verdruss und Entsetzen, die familieneigene Christbaumspitze, die entzweigebrochen war. Nur der *Julbock* schien die Attacke relativ unbeschadet überstanden zu haben. Er lag jedoch waidwund am Boden, das Samtband vom Hals gerissen.

Susanna schluckte.

In der Zimmerecke entdeckte sie zu ihrer vollkommenen Überraschung einen zweiten Baum, den irgendjemand hierhergebracht haben musste. Davor, zerfetzt und voller Scherben und Splitter, die braunen Papiertüten, die sie heute Morgen noch im Kofferraum von Onkel Stefans Geländewagen ausgemacht zu haben glaubte.

»Was habt ihr denn gemacht?«, rief sie. »Seid ihr wahnsinnig geworden?«

Niemand hörte auf sie.

»Du blöde Kuh mit deinem unsäglichen Christbaumplunder«, keifte Susannas Mutter. »Sieh, was du angerichtet hast! Das hast du nun davon! Nur weil dir unser Baum nicht gut genug war und du unbedingt einen neuen kaufen musstest, um dich wichtig zu machen. Du hast den Baum genauso behängt wie dich selbst!«

»Ich soll das angerichtet haben?«, ereiferte sich Tante Sofia. »Dass ich nicht lache. Es ist alles deine Schuld, du Erbschleicherin mit deinem lächerlichen Weihnachtsbaum! Wir haben ihn heute gemeinsam ausgesucht, hast du das schon vergessen? Aber der war ja der Dame nicht fein genug, oder? Du wolltest dich wohl einschleimen. Außerdem bin ich lieber etwas weiblicher, als so verhungert und verknöchert auszusehen wie du!«

»Dass ich nicht lache! Frag doch mal deinen Mann, ob er lieber eine attraktive Frau anschauen würde oder eine moppelige *Köttbulle* wie dich! Was sagst du dazu, Stefan?«, wandte sich Birgitta an ihren Schwager.

Susanna trat einen Schritt zurück. Sie war vollkommen sprachlos. Diese Familie war die Hölle.

Stefan zögerte. Warum auch immer er das tat, es dauerte zu lange.

»Siehst du?«, setzte Birgitta Gustafsson mit einem breiten Grinsen nach.

»Stefan! Du fällst mir in den Rücken!« Tränen der Wut standen Sofia Gustafsson in den Augen.

»Dick ist eben nicht schick«, setzte Birgitta Gustafsson nach. »Und dein Mann ist ein Weichei.«

Sofia fasste sich, schluckte die persönliche Anfeindung hinunter und besann sich, worum es hier ging. Um den Gesamtsieg. »Stefan, ein Weichei?«, wiederholte sie mit einem kalten Lächeln. »Na, dann frage ich mich, warum er wesentlich mehr Umsatz mit der Kunsthandlung macht als Magnus? Ich sag es dir. Er weiß eben, wie es geht. Zumindest eine ganze Ecke besser als dein komischer Mann mit seinem fliehenden Kinn. Fragt sich, wen Großvater als Geschäftsführer und Hauptanteilseigner lieber sähe.«

Magnus Gustafsson fuhr sich bemüht unauffällig mit der Hand über den Hals und hinauf zu den Konturen seines Gesichts zu streichen, als wolle er sich vergewissern, dass sein Kinn gar nicht so fliehend war. Dann konterte er: »Ich bin zuständig für Möbel, liebste Sofia, falls dir das entgangen sein sollte, Stefan für die Gemälde, und die sind nun mal teurer. Das ist der Grund, warum er mehr Umsatz macht, nicht die Anzahl der getätigten Geschäfte. Abgesehen davon denke ich, dass Stefan noch viel mehr Umsatz machen würde, wenn er nicht jedes zehnte Bild selbst kaufen und in seine geheime Wohnung hängen würde.«

Stille.

»Was für eine Wohnung?«, wollte Sofia Gustafsson erstaunt wissen, und auch Susanna traute ihren Ohren kaum.

»Die in Östermalm, im Brahegatan Nummer siebzehn«, erklärte Magnus Gustafsson und verschränkte die Arme. »Die muss mit Bildern regelrecht vollgestopft sein. Oder willst du das bestreiten, Stefan?«

»Stefan?« Sofia Gustafssons Gesicht hatte die Farbe des *Julbocks* angenommen. Irgendetwas zwischen strohblond und senfgelb.

Der Angesprochene selbst hatte gar keine Farbe mehr im Gesicht. »Du weißt davon?«, flüsterte er.

»Natürlich«, gab Magnus Gustafsson zurück. »Denkst du, ich bin bescheuert? Einschlägige Quittungen sollte man nicht herumliegen lassen, so etwas fällt auf. Das ist geschäftsschädigend, und wenn Großvater davon erfährt, dann …«

»Stefan! Stimmt das? Stimmt es, was Magnus da behauptet?«, rief Sofia Gustafsson.

»Ich liebe Bilder. Ich bin verrückt danach. Ich kann nicht anders«, gestand er leise und senkte den Kopf.

Seine Frau stand mit offenem Mund da. »Und ich

habe dir geglaubt, als du gesagt hast, wir könnten uns den neuen Wagen nicht leisten, weil die Geschäfte nicht mehr so gut liefen.« Sie schluchzte leise auf.

»Ha!«, freute sich Birgitta Gustafsson. »Ein schöner Geschäftsführer ist das, der Bilder unterschlägt! Das wird Großvater in der Tat sehr interessieren.«

Stefan Gustafsson sah auf. In seinen Augen lag eine Mischung aus Verzweiflung und einer gehörigen Portion Wut. Er biss sich auf die Lippen. Schließlich sagte er: »Allerdings meine ich, dass es unseren Vater auch interessieren dürfte, wer sich von polnischen Kunsthändlern billige Imitationen andrehen lässt und den Kauf der plumpen Möbelfälschungen auch noch zu vertuschen versucht. Für das Geld, das uns deswegen durch die Lappen ging, hätten wir einige Gemälde ankaufen können. Neunhunderttausend Kronen, oder wie viel war es, Magnus?«

Magnus Gustafsson war wie versteinert. »Was … ich … was … was meinst du?«

Stefan Gustafsson stieß ein Lachen hervor. »Tu doch nicht so. Du weißt genau, was ich meine. Mit dem Finger auf andere deuten, darin bist du groß. Kehr erst einmal vor deiner eigenen Haustür. Und vielleicht belegst du mal einen Kurs ›Raritäten erkennen leicht gemacht‹ oder so. Das würde dir und uns bestimmt helfen.«

Sofia Gustafsson wischte sich hastig übers Gesicht

und sah ihren Mann an, der sie mit der Verheimlichung seines kostspieligen Hobbys so bitter enttäuscht hatte, dann Birgitta und Magnus. Susanna wusste, was im Kopf ihrer Tante vorging: Was zählte, war der Gesamtsieg. Alles andere würde sie später mit ihrem Mann erörtern. Unter vier Augen.

»So, so«, hob sie an. »Einen solchen Fachmann wünscht man sich natürlich in einem alteingesessenen Kunsthandel. Da hat man sofort ein gutes Gefühl. Also wirklich, Magnus, dass du noch in aller Ruhe in den teuersten Golfclub Stockholms gehen kannst, nachdem du so viel Geld verschleudert hast. Aber das musst du mit dir selbst ausmachen. Apropos vor der eigenen Haustür kehren. Da habt ihr in eurer Familie ja ohnehin ein kleines Defizit.«

»Was willst du damit sagen?«, fauchte Susannas Mutter.

»Kümmert euch lieber um euren Nachwuchs. Der eine kann sein Kind nicht erziehen und die andere keine Bilder malen. Das habt ihr ja gut hinbekommen.«

Susanna merkte, wie ihr das Blut in den Kopf stieg. Sie holte tief Luft – und schwieg. Der Streit hatte ein Niveau erreicht, auf dem sie nichts mehr beitragen *wollte*. Außerdem war sie fest davon überzeugt, dass längst noch nicht alles gesagt war und dass spätestens am nächsten Morgen einige der jetzt Anwesenden gehörig bedauern würden, wozu sie sich hatten hinreißen lassen, ganz gleich, wie viele Wahrheiten sich gerade offenbarten. Sie ließ die Arme sinken und trat einen Schritt zurück, das Feld denen überlassend, die in derlei Diskussionen mehr Übung hatten als sie.

»Du Miststück!«, kläffte Birgitta Gustafsson dann auch. »Was haben unsere Kinder mit deiner Gier und den Betrügereien deines Mannes zu tun? Meinst du nicht, du solltest dich besser um deine Söhne kümmern? Der eine ist ein wichtigtuerischer Alkoholiker, der sich für das Geschäft keinen Deut interessiert, und der andere ein eitler Pfau, der sich gerne reden hört und teure Anzüge trägt. *Wir* haben wenigstens einen Enkel.«

»Was heißt hier Alkoholiker?«, meldete sich Jan-Erik aus dem Hintergrund empört zu Wort.

Viola (auch aus dem Hintergrund) sagte verächtlich: »Nachwuchs mit dem? Pfft!«

Lisa lachte kurz auf. Sie schien sich das erste Mal wirklich zu amüsieren.

Dafür stellte Bengt fest: »Von mir jedenfalls dürft ihr keinen Nachwuchs erwarten. Ich bin nämlich schwul. So!«

Hätte es im Kaminzimmer geschneit, man hätte die Schneeflocken auf den Boden fallen hören können. Alle, wirklich alle, starrten Bengt an. Ganz so, als hätte er aus heiterem Himmel seine Hose ausgezogen und stünde nun nackt da.

»Wow, das ist das erste Coming-out, das ich live erlebe. Cool!«, freute sich Lisa. »Davon liest man normalerweise nur im Internet.«

Jan-Erik und Viola traten einen Schritt zurück, als habe Bengt eine ansteckende und unheilbare Krankheit.

»Was redest du denn da?«, stammelte sein Vater Stefan. »Bist du verrückt?« Er war wie paralysiert.

»O Gott!«, rief Sofia Gustafsson. »Ich werde ohnmächtig.« Sie schlug sich theatralisch den Handrücken vor die Stirn und wankte besorgniserregend. Sie zog mit scheinbar letzter Kraft einen Stuhl unter dem riesigen Esstisch hervor, auf den sie sich plumpsen ließ.

»Das wundert euch?«, fragte Jan-Erik seine Eltern mit erstauntem Unterton.

»Sag bloß, du hast das gewusst?«, stammelte Stefan Gustafsson.

Jan-Erik machte nur ein abfälliges Geräusch und erklärte: »Nein, mit Sicherheit gewusst nicht, aber das kann man sich doch denken. Seid ihr blind? Ich meine, Bengts Schuhe sind schwul, sein Halstuch ist schwul, sein Flanellanzug ist schwul, sein Lachen ist schwul, sein Parfüm ist schwul, wie er sich bewegt ist schwul und wie er lebt ist schwul, alles an ihm ist schwul. Sogar seine bescheuerte Brille mit dem Goldgestell ist schwul. Warum zum Teufel sollte er selbst dann nicht schwul sein?«

Aus Stefan Gustafssons Gesicht war längst alle Farbe gewichen, von seiner Frau ganz zu schweigen. »Und … und … Lisa … deine Freundin … ich meine … sie ist doch deine Freundin, oder?«, wandte er sich verzweifelt an Bengt.

Da lachte Lisa amüsiert. »Ihr habt echt so gar keine Ahnung, oder? Und so was wohnt in Stockholm. Leute, Leute.« Sie schnalzte mit der Zunge. »Ich biete meinen Begleitservice diversen Herren an. Dieser Job hier klang recht verführerisch, weil es ja nicht darum ging … na, ihr wisst schon« – sie machte eine eindeutige Handbewegung – »sondern um eine Art Schauspiel. Aber ich muss feststellen, dass ihr alle noch viel kränker seid als jemand in Latex und mit Maske.«

»Eine Prostituierte?«, warf Viola angeekelt ein, und sie entfernte sich noch mehr von Bengt und Lisa.

»Das ist in Schweden verboten, wie du weißt, Schätzchen«, gab Lisa zurück. »Physische Dienstleisterin höre ich bedeutend lieber. Abgesehen davon, dass mich dein Macker schon die ganze Zeit angräbt und der Typ dich sowieso nur benutzt, weil deine Eltern Kohle haben, wäre das für dich eine echte Alternative. Beruflich, meine ich. So wie du aussiehst, könntest du damit echt was verdienen.«

»Du hast sie angegraben?«, rief Viola.

»Was denn … ich … Blödsinn, lass mich in Ruhe. Wie kommst du denn auf einen solchen Quatsch?«, versuchte Jan-Erik sich zu verteidigen. »Glaubst du einer Nutte etwa mehr als mir?«

Lisas Augen funkelten gefährlich, aber sie beachtete Jan-Erik nicht weiter, sondern wandte sich wieder Viola zu. »Schätzchen, ich mag eine Nutte sein, aber dafür kenne ich die Männer. Glaube mir. Und der Typ ist ein Schaumschläger und Egoist. Er arbeitet viel am Handy, nicht wahr? Mein Tipp: Lass dir doch mal seine Nachrichten und E-Mails zeigen. Bestimmt alles rein geschäftlich.« Sie lächelte dünn, warf Jan-Erik ein überlegenes Augenzwinkern zu und drehte sich weg.

»Bengt«, stammelte Stefan Gustafsson noch einmal und ergriff die erschlaffte Hand seiner Frau, die zusammengesunken am Tisch saß. »Was hast du getan?«

»Mein Gott, ja, was habe ich getan? Was hab ich getan? Ja, was denn wohl?«, fuhr der Angesprochene auf. »Ich bin anders herum, gay, homo, schwul, stehe auf Männer. Ich durfte nie sein, wer ich bin, hatte immer zu funktionieren. Obwohl wir im einundzwanzigsten Jahrhundert leben, musste ich immer die Klappe halten, alles heimlich machen, nur damit ihr und Großvater nichts merkt. Geld, Macht, Firma. Das war das Einzige, was euch interessiert hat. So, jetzt ist es raus, und ich bin froh darüber.«

»Wir alle sind froh darüber«, sagte Ingemar nun, und Susanna schämte sich ihres Bruders, denn sein Unterton verriet, dass es Häme war, kein Verständnis.

»Man kann sich seine Kinder eben nicht aussuchen, nicht wahr?«, stichelte Sofia Gustafsson. »Und ein schwuler Enkel ist nicht gerade ein Plus auf dem Konto, wenn es darum geht, wer bei der Erbschaft von Großvater zum Zuge kommt? Oder was meint ihr?«

»Wenigstens habe ich es nicht nötig, meinen Enkel auf eine Sonderschule für verhaltensgestörte Kinder zu schicken und ständig zu behaupten, der Junge sei unterfordert, weil hochbegabt. Lächerlich!«, schoss Bengt zurück. »Ich sehe den Kleinen übrigens immer auf meinem Weg in die Kunsthandlung.«

»Was redest du denn da?«, fragte Tante Birgitta perplex.

»Frag doch lieber mal Anita«, schlug Bengt vor.

Birgitta Gustafsson drehte sich zu ihrer Schwiegertochter um. »Stimmt das?«

Anita senkte den Kopf. »Es ist eine ganz besondere Schule.«

Bengt lachte. »So kann man das auch nennen. Kümmert euch lieber um den Jungen, anstatt ihn abzuschieben. Kein Wunder, dass der eine Macke hat mit seinen vermaledeiten Flugzeugmodellen. Und schlecht erzogen ist er obendrein. Und das ist eure Schuld!«

»Und diese Drecksdinger hier …«, rief Jan-Erik mit einem Mal wie von der Tarantel gestochen, eilte zum Tisch und stürzte sich auf das Spielzeug, das Carl-

Johann Gustafsson junior dort vergessen hatte. »... die nerven mich schon, seitdem ich hier bin!« Mit den Flugzeugmodellen in der Hand schwankte er zum Kamin und warf sie ins Feuer, was niemanden mehr zu kümmern schien.

»Ihr habt uns angelogen«, flüsterte Susannas Mutter, und ihr Vater stellte fest: »Das gibt's doch nicht. Mein eigener Sohn ...«

»Was ist hier los?«

Es wurde augenblicklich totenstill.

Alle fuhren herum und schauten zur Tür.

Dort stand Carl-Johann Gustafsson.

Ausdruckslos.

Hinter ihm erschien Alfred, blickte ihm über die Schulter und mit geweiteten Augen auf das Chaos. Hier sollte eigentlich in wenigen Stunden das *Julbord*, das gemeinsame Weihnachtsessen, stattfinden.

Es roch nach verbranntem Plastik.

Und nur eine einzige Frage schwebte drohend über allen im Raum: Wie lange hatte Carl-Johann Gustafsson schon unbemerkt dort gestanden und was hatte er alles mitbekommen?

Doch Carl-Johann Gustafsson sagte weiterhin keinen Ton.

Er stand nur da.

Das war Antwort genug.

Mit einem Mal trafen sich Alfreds und Susannas

Blicke. In diesem Augenblick wusste sie, dass sie etwas unternehmen mussten und dass sie einen Verbündeten hatte. Es war ihr auch zuvor gleichgültig gewesen, wie sich ihre engsten Verwandten um das Geld des Großvaters balgten und welche irrsinnigen Theorien und Pläne sie sponnen. Und hatte sie sich bis eben keinesfalls zugehörig gefühlt zu diesem zerstrittenen Haufen augenscheinlich egozentrischer und egoistischer Menschen, so musste sie nun feststellen, dass sie sehr wohl ein Teil von ihnen, ein Teil dieser Familie war.

Es mochte eine Familie sein, die sie, wäre das so einfach möglich, gerne gegen eine andere, bessere ausgetauscht hätte (*das* wäre mal etwas ganz Exklusives für den Wunschzettel gewesen!), aber es war und blieb nun einmal ihre Familie.

Und was bedeutete dieses Wort?

»Familie.«

Was bedeutete »Weihnachten«?

Sie eilte aus dem Speisesaal, zwinkerte Alfred im Vorbeigehen wie beiläufig zu und verschwand die Treppe hinauf in ihr Zimmer.

Und hoffte, dass er sie verstanden hatte.

12

Susanna hatte unruhig geschlafen. Und es musste die ganze Nacht durchgeschneit haben. Als sie gegen halb zehn am Morgen die Fensterläden aufklappte, entdeckte sie, dass über einen Meter Neuschnee gefallen war. An eine Abreise, weg von Riksgården, war nicht zu denken. Aber es war auch nicht mehr ihr Wunsch. Alles sah wunderschön aus. Und es war der denkbar beste Umstand für ihr Vorhaben. Neben der Scheune waren durch das dichte Schneetreiben hindurch mehrere weiße Erhebungen zu erkennen. Sie kniff die Augen zusammen und zählte. Nein, keines der Autos war verschwunden, alle waren noch da. Alfred hatte nicht geräumt! Gut so! Fantastisch! Also theoretisch zumindest.

Sie duschte eilig, zog sich an und verließ ihr Zimmer. Unwillkürlich ging Susanna wie auf Zehenspitzen, obwohl es keinen Grund dafür gab. Oder doch?

Es war gespenstisch still, das Haus schien den Atem anzuhalten. Nachvollziehbar war das natürlich, es hatte schließlich alles mit angehört, war Zeuge der

Hässlichkeiten geworden, die sich gestern weit nach Mitternacht in seinen Räumlichkeiten zugetragen hatten. Dem Haus konnte man wirklich keinen Vorwurf machen.

Leises Klappern und gedämpfte Geräusche drangen aus dem Speisesaal, kaum dass Susanna den Treppenabsatz der Eingangshalle erreicht hatte.

Keine Stimmen.

Alle saßen bereits um den großen Tisch. Aßen. Sprachen nicht. Blickten unstet vor sich hin. Ein Baum stand im Raum, noch ohne Schmuck. Der andere lag dahinter. Die Scherben waren verschwunden.

»Guten Morgen!«, sagte Susanna.

Alle blickten auf und sahen übernächtigt aus. Ihre Mutter hatte verquollene Augen, Tante Sofia war sichtlich gealtert beziehungsweise ungeschminkt, Vater und Onkel Stefan hockten schweigend daneben. Bengt hatte einen Stuhl zwischen sich und den anderen freigelassen, ganz als wolle er die ohnehin vorhandene Barriere noch betonen. Jan-Erik hatte den Verlauf der gestrigen Nacht offenbar zum Anlass genommen, sich noch mehr als ohnehin üblich hinter die Binde zu kippen. Sein Gesicht sah aus wie ein zerknautschter Putzlumpen.

Zwischen Anita und Ingemar saß ein kleiner trauriger Flugzeugflottenkommandant und weigerte sich zu essen; wahrscheinlich hatte man ihm den Totalverlust seines Geschwaders durch Feindeinwirkung erst vor Kurzem mitgeteilt. Seine Eltern hingegen wirkten, als gehörten sie nicht zu dieser Runde, oder wenigstens, als würden sie nicht dazu gehören wollen.

Auf Lisa und Viola traf das ebenfalls zu. Letztere schien sich zwar an die Eskapaden ihres Lebensgefährten gewöhnt zu haben, aber noch nicht zu wissen, ob sie das noch lange ertragen würde. Sie starrte indigniert vor sich hin.

Wenigstens Lisa, neben Bengt sitzend, erwiderte: »Guten Morgen!« Sie machte ihren Job. Immerhin.

Susanna setzte sich. Magda kam herein, erkundigte sich, ob sie ein Frühstücksei wünsche. »Nein, danke, ich habe nicht so viel Hunger. Ich werde nur ein wenig Obstsalat essen«, gab Susanna zurück und lächelte schwach. Magda nickte, und nachdem sie sich vergewissert hatte, dass es keinem der Anwesenden an etwas mangelte, verschwand sie wieder auf leisen Sohlen. Niemand aß heute Morgen nennenswerte Mengen.

Kiwi, Ananas, Apfel und Orangenfilets mit Walnüssen. Es schmeckte wunderbar. Susannas Körper und vielleicht auch ihre Seele verlangten nach Frische. Sie löffelte ihren Obstsalat, tupfte sich den Mund sauber und trank vom Kaffee. Dann räusperte sie sich und ergriff das Wort.

»Ich bin der Meinung, wir sollten, wie von Großvater gewünscht, den Baum schmücken, den wir gestern gemeinsam geholt haben. Und den anderen schaffen wir raus.«

Alle sahen sie verwundert an. Tante Sofia holte Luft, um etwas zu sagen, ließ es dann aber sein. Susannas Mutter machte eine entgeisterte Miene, Bengt spielte mit dem Serviettenring. Carl-Johann Gustafsson junior schmollte und Anita und Ingemar wandten ihre Blicke ab und schauten sich stattdessen fragend an. Jan-Erik verzog den Mund und rollte mit den Augen, dann rieb er sich den Nacken und trank einen großen Schluck Orangensaft. Viola starrte weiter vor sich hin.

Lisa lächelte. »Gute Idee!«, sagte sie unvermittelt und stand auf.

»Was soll das bringen?«, fragte Onkel Stefan kaum hörbar.

»Wozu noch?«, meinte Susannas Vater.

»Es ist Weihnachten«, antwortete Susanna und erhob sich ebenfalls. »Und es wird Weihnachten sein, auch wenn ihr es ignoriert. Alfred hat mir gesagt, der Trecker sei kaputt. Der Motor streikt wegen der Kälte. Ihr könnt hier sowieso nicht weg. Also?«

Sie blickte fragend in die Runde.

»Großvater hat sich noch nicht blicken lassen«, stellte Ingemar fest.

»Wie verwunderlich«, konstatierte Bengt ironisch.

Jan-Erik schenkte sich Orangensaft nach.

»Es ist alles deine Schuld«, schluchzte Tante Sofia, meinte aber niemanden Bestimmtes. Ihr voluminöser Leib bebte.

Onkel Stefan legte den Arm um sie.

Birgitta Gustafsson saß reglos da, wusste offenbar nicht, was zu tun war. Ihr Mann schloss sich dem an.

»Ich will die roten Kugeln dranmachen.« Carl-Johann Gustafsson junior, der lange nicht mehr zu hören gewesen war, schob geräuschvoll seinen Stuhl nach hinten.

»Dann sind wir ja schon zu dritt«, sagte Susanna zufrieden und machte sich an den Schachteln zu schaffen, die um den Baum herumlagen.

»Wär das nichts für dich, Brüderchen?«, erkundigte sich Jan-Erik stichelnd bei Bengt. »*Ihr* seid doch schmuckmäßig eher feminin.« Das war eindeutig eine Beleidigung, aber sie klang unmotiviert, eher so, als habe er sie ausgesprochen, weil er es eben gewohnt war, sich so unverschämt zu benehmen.

Bengts Gesicht verfinsterte sich, und er hob an, etwas zu entgegnen. Doch dann entspannte er sich schnell wieder, ignorierte die Provokation, zuckte mit den Achseln und stand auf. »Ach, ich glaube, ich trage jetzt einfach mal den anderen Baum raus. Der liegt doch nur im Weg herum. Hilft mir jemand?«

13

Gäbe es den Weihnachtsmann tatsächlich und wäre er in diesem Augenblick vorbeigekommen, eventuell, um sich die bevorstehende, abendliche Route nochmals einzuprägen – es waren schließlich viele Häuser, die er sich zu merken hatte, und er wurde ja auch nicht jünger –, dann wäre er wohl in einigem Abstand von Riksgården gelandet.

Nur mal angenommen.

Dann hätte er den Rentieren nach der Landung einen magisch-weihnachtlichen Befehl zugeraunt, der sie an Ort und Stelle hielt, nur um sich durch den mittlerweile beinahe hüfthohen Schnee bis vor das linke der drei Fenster des großen Zimmers durchzukämpfen, die zum Hof wiesen.

Dabei hätte er sich noch detailreich an seinen ersten Probeflug erinnert, den er vor wenigen Tagen erst absolviert hatte, und vor allem an das ungute Gefühl, das ihn an diesem Ort und bei dieser Familie überkommen hatte.

Inmitten des herabrieselnden Flockenvorhangs

hätte er die Mütze abgenommen, um zu vermeiden, dass man ihn aufgrund der doch recht auffälligen Farbe (leuchtendes Rot) am Ende noch entdeckte. Er hätte sein Gesicht dicht an die mit Eisblumen verzierte Scheibe gepresst und hineingespäht.

Und hätte sich gewundert.

Sehr sogar.

Entgegen seiner Erwartung nämlich, im Haus eine noch frostigere Stimmung vorzufinden als draußen, hätte er gesehen, wie sich eine Familie auf bemerkenswerte Art und Weise zusammenraufte. Ja, der Weihnachtsmann weiß so ziemlich alles, das ist schließlich integraler Bestandteil seines Berufs, aber besonders in der Vorweihnachtszeit kann er sich unmöglich um jede Kleinigkeit kümmern. So wäre das veränderte Verhalten von Familie Gustafsson selbst ihm wie ein Wunder vorgekommen, obwohl doch eigentlich *er* dafür zuständig ist.

Drinnen nämlich liefen alle geschäftig umher, ob jung, ob alt, ob klein, ob groß. Sie schmückten den Weihnachtsbaum, räumten Sachen beiseite, trugen einen zweiten Baum aus dem Zimmer. (Weshalb eigentlich einen zweiten? – Der Weihnachtsmann kratzte sich ratlos am Bart.) Sie taten es schweigend, wirkten konzentriert – aber man muss ja auch nicht immer sprechen, um sich zu verstehen.

Nun hätte der Weihnachtsmann mit den Achseln

gezuckt, sich umgedreht, die rote, pelzverbrämte Mütze wieder aufgesetzt und wäre zurück zu seinem Schlitten gestapft. Keine Sekunde zu früh, denn in diesem Moment öffnete sich die Haustür und zwei Männer stellten die zweite der beiden Tannen vor das Haus, gleich neben den Eingang.

Und während er nachdenklich und irgendwie erleichtert seine unsichtbare Spur durch das eiskalte Weiß zog, hätte sich plötzlich am Rand des Waldes ein riesiger Elchbulle gezeigt, wäre im Flockengestöber aufgetaucht wie ein guter Geist. Kurz hätte er gezögert (der Elchbulle), dann wäre er auf langen Beinen einige Schritte auf ihn zugekommen. Das Tier wusste, dass es keine Angst haben musste, hätte den Weihnachtsmann nur angesehen.

Still.

Reglos.

Erhaben.

Schön.

Dann hätte der Weihnachtsmann gelächelt und sich gefreut, denn er wäre in diesem Augenblick aus tiefstem Herzen davon überzeugt gewesen, dass es Zeit war, eine gar nicht so kleine Frau einen scheinbar aussichtslosen Kampf gewinnen zu lassen und ihr einen sehnlichen Wunsch zu erfüllen.

Es war schließlich Weihnachten.

24. Dezember
Das Fest

14

Nicht eine einzige elektrische Lampe erhellte den großen Saal. Überall Kerzen. Nur Kerzen. Auf dem Tisch in den vielarmigen Silberleuchtern, die von Magda auf Hochglanz poliert worden waren, am herrlich geschmückten Baum, und selbst die drei großen Kerzenständer aus massivem Eisen, die für gewöhnlich im Kaminzimmer standen, hatte Alfred hereingetragen und mit armdicken roten Wachskerzen bestückt. Auch diese Kerzen strahlten warm.

Der Tisch war aufs Festlichste dekoriert, das Besteck reflektierte die scheinbar unendlich vielen Lichtpunkte der Flammen, die sich wiederum in den Gläsern spiegelten und den Eindruck eines sternenübersäten Himmels hinterließen. Die weißen Stoffservietten steckten in ziselierten Serviettenringen, ebenfalls aus Silber. Magda hatte Tannengrün mit bordeauxroten Samtschleifen zu kleinen Kunstwerken zusammengebunden und zusammen mit kleinen Strohsternen und mandelbesetzten Lebkuchen überall verteilt.

Und über allem lag ein köstliches und unwiderstehliches Parfüm von geheimer Rezeptur. Der Duft von Essen, das nur an Weihnachten serviert wurde, der frische Geruch der Tanne, vermischt mit einer Prise verbranntem Kaminholz, einer Spur verdampfendem Kerzenwachs, einer Nuance des Glöggs, der eben von Magda aufgetischt wurde, mit Zimt, Kardamom, Zitronenschalen, Nelken, Wacholder und einem Hauch Preiselbeeren, und dann noch einer Idee von Wärme und Glück. Es war unvergleichlich.

Alle hatten Platz genommen.

Alle, bis auf den Hausherrn.

Carl-Johann Gustafsson fehlte.

Sein Thron am Kopfende des großen Tischs, der Stuhl, mit der mit Schnitzereien verzierten Lehne aus dunklem Holz blieb leer.

Susanna hatte trotzdem ein gutes Gefühl.

Das erste Mal, solange sie denken konnte, hatte diese Familie etwas gemeinsam auf die Beine gestellt. Nicht getrieben von materiellen Dingen. Nein, allein aus dem Umstand heraus, dass sie sich dieser Situation nicht hatten entziehen können – Alfred hatte ja behauptet, der Trecker sei kaputt (was natürlich glatt gelogen war) –, hatten sie sich in ihr Schicksal ergeben und sich tatsächlich zusammengerauft.

Und auch wenn manche Gesichter weiterhin Anspannung oder Ermattung verrieten, so hatte Susanna den Eindruck, dass es zumindest in diesem

Augenblick dasselbe Herz war, das schlug und sie verband.

Sie dachte darüber nach, was sie jemandem auf die Frage, wie es denn dazu gekommen war, geantwortet hätte. Nicht, wie es zu den unheilvollen Gesprächen, den Vorwürfen, den Schuldzuweisungen, der Ablehnung, der Machtgier, der Ignoranz, der Blindheit, der Intoleranz und dem Egoismus gekommen war. Das hatte Jahre gebraucht, und die Gründe dafür saßen hier am Tisch – bis auf einen, der noch fehlte, und der war ebenfalls kein Heiliger, sondern ein Vater, Großvater und Urgroßvater.

Nein, Susanna dachte darüber nach, wie sie jemandem erklären würde, warum sie *trotzdem* jetzt hier saßen und warum dieser Raum von etwas erfüllt war, was sich scheinbar alle ersehnt und erhofft hatten, obwohl sie die Worte, die dieses Gefühl beschrieben, schon vor langer Zeit verlernt hatten. Sie kam zu dem Schluss, dass sie es wahrscheinlich damit begründet hätte, dass es Dinge gab, die man schlicht nicht erklären konnte. Natürlich, hätte sie eingeworfen, dürfe man Begriffe wie Aufgabe, Akzeptanz, Resignation, Unterordnung, Friedenswillen, Müdigkeit und so weiter heranziehen, aber das wären nur Vehikel. Letztlich wusste sie es nicht.

Doch vielleicht besaß Weihnachten ja eine Macht, die alle unterschätzt hatten, sogar sie selbst.

Bengt spielte nicht am Serviettenring. Er saß ruhig und aufrecht da.

Obwohl Lisa nicht zur Familie gehörte, lächelte sie und sprach leise mit ihm.

Jan-Erik hatte noch nicht ein einziges Mal zum Telefon gegriffen. Dafür hielt er Violas Hand. Vor ihm ein Glas Wasser.

Ingemar bastelte seinem Sohn, Carl-Johann Gustafsson junior, einen Flieger aus Papier. Anita hatte den Kopf auf die gefalteten Hände gestützt; sie sah müde, aber nicht unglücklich aus.

Susannas Eltern saßen mit Tante Sofia und Onkel Stefan enger als sonst zusammen und unterhielten sich gedämpft.

Der Glögg schmeckte wunderbar, herrlich süß und würzig. Susanna fuhr sich mit der Zunge über die Lippen und blickte zu dem schiefen Weihnachtsbaum, auf dem die von ihr notdürftig reparierte silberne Spitze steckte. Auch der restliche Schmuck zierte ihn so gut, dass man die kahlen Stellen kaum mehr wahrnahm. Der alte *Julbock* stand stolz und mit neuer Schleife vor der Tanne auf dem Boden.

Plötzlich wurde es mucksmäuschenstill.

Carl-Johann Gustafsson betrat den Raum.

Er hielt in der Tür inne und ließ seinen Blick schweifen, dann schloss er sie, schritt zu seinem Stuhl und ließ sich nieder. Sein Atem ging schwer, als habe er eine große Last zu tragen, doch in seinen Augen leuchtete es, genau wie Susanna es erhofft hatte.

»Kinder und Kindeskinder«, begann er mit dunkler, fester Stimme. »Ich bin Zeuge einer sehr unschönen Unterhaltung zwischen euch geworden. Ich habe Dinge erfahren, die ich mir nie hätte träumen lassen, Dinge, die ich vielleicht besser nie erfahren hätte.« Er trank einen Schluck Wasser. »Ich war bestürzt, tief getroffen und, ja, ich muss es eingestehen, auch erbost über eure Gier und Undankbarkeit. Und ich war fest entschlossen, mein gesamtes Vermögen einer Stiftung für junge Künstler zukommen zu lassen an dem Tag, an dem der Herrgott mich zu sich befiehlt.«

Alle saßen gebannt da. Einige senkten den Kopf. Nur Carl-Johann Gustafsson junior inspizierte abwechselnd die Gesichter seiner Eltern, deren Mimik er wohl nicht ganz einzuordnen wusste.

»Habt ihr denn tatsächlich geglaubt, ich veranstalte eine Art Wettbewerb um mein Erbe? Habt ihr geglaubt, es würde mich beeindrucken, wenn man mir den prächtigsten Baum oder schöneren Christbaumschmuck heranschafft? Was für ein Unsinn! Es ging mir stets nur um das Fest.

Bis jetzt.

Ich musste erkennen, dass nicht nur ihr etwas falsch gemacht habt. Ich musste mir eingestehen, dass auch ich nicht alles richtig gemacht zu haben scheine. Ich kenne euch so viele Jahre, seit eurer Geburt, jeden Einzelnen von euch, und ich habe euch doch aus den Augen verloren. Und ich habe euch falsch eingeschätzt.«

Wieder trank er von seinem Glas, stellte es ab, tupfte sich den Mund mit seiner Serviette trocken.

»Aber ich will nicht, dass Zwist regiert, ich will nicht, dass wir uns entzweien. Und nachdem Susanna auf mich eingewirkt hat …« Alle Blicke fuhren herum. Weit aufgerissene Augen. Erstaunen. »Ja«, fuhr Carl-Johann Gustafsson fort, »ihr habt richtig gehört. Susanna war es, die mich aufgesucht hat, nachdem ich diese böse Überraschung erlebt und mich in mein Arbeitszimmer zurückgezogen habe. Und ich sehe, dass es richtig war, ihr zuzuhören und mich auf ihren Vorschlag einzulassen.«

Er deutete auf den Baum. »Ihr habt mir meinen größten Wunsch erfüllt. Ihr habt den Weihnachtsbaum gemeinsam ausgesucht, geschlagen, hierhergeschafft und ihn auch gemeinsam geschmückt.«

Er lächelte, und zum ersten Mal, seitdem er hereingekommen war, spürte Susanna, dass sich in der Runde eine gewisse Erleichterung breitmachte. Dann aber wurde Carl-Johann Gustafsson wieder ernst.

»Aber ich habe auch erkannt, dass Geld und Einfluss eine wichtige Rolle spielen. Habe ich euch so erzogen? Ist es meine Verantwortung? Ich weiß es nicht.

Wenn ja, tut es mir aufrichtig leid. Wie dem auch sei. Obwohl ich nicht vorhatte, es heute zu verkünden, will ich es in Anbetracht der Umstände und des besonderen Anlasses trotzdem tun. Ich werde mich zum ersten Januar aus dem Geschäft zurückziehen.

Und ich werde meine verbliebenen Anteile, dieses Anwesen, den Riksgården, sowie ein Barvermögen von zwanzig Millionen Kronen je zur Hälfte auf meine Söhne Magnus und Stefan verteilen. Wie ihr sie dann weitergebt, ist eure Angelegenheit, aber ich empfehle euch aus eigener Erfahrung, das offen und möglichst zeitnah zu regeln. Ihr wollt sicher nicht, dass es euch ergeht wie mir, oder? Seid ihr einverstanden?«

Er blickte seine Söhne fragend an.

»Ja, natürlich«, antwortete Stefan leise und sein Bruder nickte sprachlos.

»Gut. Aber es sind ein paar Bedingungen an die Übergabe gebunden. Erstens: Ich habe Wohnrecht bis zu meinem Ableben. Zweitens: Stefan, du wirst alle Bilder, die du in deiner Stockholmer Wohnung gehortet hast, entweder ordentlich bewerten und diesen Betrag an das Unternehmen zahlen, oder du bringst die Bilder ins Betriebsvermögen ein. Ich verstehe deine Motivation, trotzdem, so geht das nicht, Leidenschaft hin, Leidenschaft her!

Drittens: Magnus, du wirst den Schaden aus dem Ankauf der gefälschten Möbel selbst tragen und ihn ersetzen. Mir ist das auch einmal so ergangen, mit einem angeblichen Aquarell von Emil Nolde. Das habe ich euch nie erzählt, weil ich mich geschämt habe. Aber das passiert jedem Kunsthändler mal. Es ist eine Frage der Qualität der Fälschung und der eigenen Gier. Daher gibt es keinen Grund, sich den Rest seines Lebens darüber zu ärgern, aber es gibt auch keinen Grund, dass dein Bruder diese eigensinnige Entscheidung mitträgt. Ihr solltet künftig Entscheidungen über Käufe, die einen gewissen Rahmen übersteigen, gemeinschaftlich treffen. Das ist keine Vorschrift, nur ein gut gemeinter Rat. Viertens: Ihr werdet eine Vernissage und Werkschau für Susanna organisieren, und ihr habt sicher nichts dagegen, dass ich sie ein wenig unterstütze. Fünftens: Haltet zusammen. Helft euch, verdammt. Ihr, wir sind eine Familie. Wenn mein Enkel sich eigenartig benimmt, dann fragt euch, warum er das tut, und kümmert euch um ihn. Wenn Bengt meint, es mit der Liebe zu halten wie Käthe Kollwitz, Keith Haring, Frida Kahlo oder Michelangelo, nun, dann ist dem eben so. Es ist sein Leben. Nehmt ihn, wie er ist. Und wenn Jan-Erik dann noch einmal in sich ginge, um herauszufinden, was er wirklich will, und dafür weniger tief ins Glas schaute, nun, dann würde mich das nicht unglücklich machen und seine Lebensgefährtin gewiss auch nicht.

Seid ihr immer noch damit einverstanden?«

Stefan und Magnus Gustafsson waren überwältigt. Sie nickten. »Ja, Papa, natürlich!«, und auch alle anderen stimmten zu.

»Wunderbar«, freute sich Carl-Johann Gustafsson sichtlich. »Lasst uns jetzt essen. *God Jul till er alla!* – Euch allen frohe Weihnachten!« Damit hob er sein Glas und prostete rundum jedem zu.

Dann griff er zum Glöckchen, dessen hellen Ton man nur einmal im Jahr, genau in diesem Augenblick, zu hören bekam und das so viele Jahre geschwiegen hatte.

Susanna lächelte glücklich.

Und ein wenig einsam.

15

Die Stimmung hatte sich gewandelt. Es war warm im Raum. Und voller Ruhe. Niemand in der Familie hätte noch vor wenigen Stunden darauf gehofft, dass man sich gemeinsam und in friedvoller Eintracht zum *Julbord* versammeln würde. Auch Susanna musste sich eingestehen, dass sie im Leben nicht daran geglaubt hätte. Die Atmosphäre war mit einem Mal so harmonisch und friedvoll, dass sie es sich nicht zugetraut hätte, diese ganz besondere Art der Weihnachtsmagie durch irgendein Motiv in einem ihrer Gemälde festzuhalten. Es wäre garantiert von jedem Galeristen und Kunstkenner als Kitsch verrissen worden.

Und dann dieses Essen. Einfach himmlisch. Magda hatte alles gegeben. Sie servierte marinierte Heringe, Kartoffeln, *Köttbullar* – ihre unvergleichlichen Fleischklößchen in sämiger Soße –, verschiedene hausgemachte Wurstsorten, zum Teil aus Wild, das in den Wäldern von Riksgården erlegt worden war. Außerdem Salat, gekochten Rotkohl, Rippchen, Schweinesülze, das schwedische Nationalgericht *Janssons fres-*

telse – ein Kartoffelgratin mit Sardellen –, Elchragout mit selbst gemachter Preiselbeermarmelade sowie Käse und Brot. Und natürlich einen unfassbar leckeren und feinwürzigen *Julskinka*, den traditionellen schwedischen Weihnachtsschinken. Dazu gab es Wein, Bier, Aquavit und für Carl-Johann Gustafsson junior – erstaunlicherweise aber auch für Jan-Erik, zumindest teilweise – *Julmust*, eine Kräuterlimonade, die ebenfalls von Magda selbst angesetzt worden war.

Es war eine einzige Völlerei, und es erklärte, weshalb man die rundliche Haushälterin den ganzen Tag nicht zu Gesicht bekommen hatte. Sie musste bereits am Abend zuvor mit den Vorbereitungen begonnen und vor dem Herd in der Küche geschlafen haben, um das alles hinzubekommen. Falls sie denn überhaupt geschlafen hatte, dachte Susanna bei sich.

Eben wurde der Nachtisch serviert. Das Mahl nahm einfach kein Ende. Magda hatte einen *Saffranskakor* – einen saftig gezuckerten Reispudding mit Safran – zubereitet und obendrein einen Bratapfelauflauf mit Vanilleeis, Sahne und Zimt. Susanna meinte regelrecht zu spüren, wie sich ihre Konfektionsgröße langsam änderte. Einen Moment lang spielte sie mit dem Gedanken, die Weihnachtsmenüzigarette vorzuziehen, doch ein so wunderbares Essen an einem so wunderbaren Abend musste man einfach mit ein wenig Bratapfel krönen. Daran führte kein Weg vorbei.

Sie hatte sich eben genüsslich den zweiten Löffel in den Mund geschoben und fühlte dem schmelzenden Eis nach, das seinen intensiven Vanillegeschmack auf dem warmen, weichen Apfelfleisch freigab und sich mit Zimt und Sahne zu einem wahren Geschmackserlebnis vereinte, als Alfred in den Raum trat, zu Carl-Johann Gustafsson eilte und ihm etwas zuflüsterte. Dieser schaute daraufhin überrascht auf, faltete seine Serviette zusammen und legte sie neben seinen Teller. Kaum hatte er sich erhoben, bedeutete er Susanna, ihm und Alfred zu folgen.

»Wir scheinen Besuch bekommen zu haben«, sagte ihr Großvater.

»Wir? Besuch?«, vergewisserte sich Susanna verwundert.

Als sie in die Eingangshalle traten, traute sie ihren Augen kaum. Am Hauseingang standen eine ältere Dame und ein junger Mann. Sie konnte es nicht fassen, auch nicht, als Carl-Johann Gustafsson die beiden bereits begrüßte.

»Jörgen!« Ihr wurde schwindelig.

»Hallo Susanna«, sagte er. »Es tut mir leid. Ich habe es nicht früher geschafft. Draußen liegen bestimmt einsfünfzig Neuschnee, und es wurde nur auf der Hauptstraße geräumt. Mobilfunknetz gibt es hier auch kaum. Gerade mal eine SMS habe ich schicken können, aber ich habe keine Antwort erhalten.«

»Ich habe mein Handy oben liegen lassen«, erklärte Susanna, die noch immer vollkommen aus dem Häuschen war. »Aber so ist die Überraschung noch größer. Es ist so schön, dass du kommen konntest. Wunderschön!« Sie ging zu ihm, drückte ihn an sich und küsste ihn. »*God jul! Frohe Weihnachten!*«

Dann fiel ihr auf, dass sie die Frau neben ihm noch gar nicht begrüßt hatte. Susanna löste sich von Jörgen und streckte ihr die Hand entgegen. »Entschuldigen Sie. Wie unhöflich von mir. Ich bin Susanna Gustafsson. Guten Abend und frohe Weihnachten.«

Die Frau war etwa Anfang siebzig, hatte ein fein geschnittenes Gesicht mit ungewöhnlich zarter Haut und lebendigen Augen. Sie lächelte. »Sie sind also die Enkelin, von der Ihr Großvater so geschwärmt hat? Angenehm. Ich bin Alma Nyberg, die Nachbarin.« Sie strahlte ihn kurz an. »Ich wohne im ehemaligen Haus der Perssons. Zumindest zeitweise«, fügte sie hinzu.

Susanna sah sie an, dann ihren Großvater und wieder Frau Nyberg. Und musste ebenfalls lächeln. »Ja, von Ihnen hat mein Großvater auch schon geschwärmt.«

»Hat er das tatsächlich?« Sie lachte. »Ich muss wieder zurück. Meine Kinder warten auf mich.«

»Ja, aber wie sind Sie denn hierhergekommen?«, wollte Susanna wissen.

»Mit dem Motorschlitten.«

»Mit dem Motorschlitten?«

»Ja. Es gibt einen kleinen Weg, der mein Grundstück mit dem Ihres Großvaters verbindet, etwas oberhalb der Scheune. Da sind wir entlanggekommen. Es ist nicht weit. Vielleicht einen halben Kilometer. Die Zufahrt hierher ist ja unpassierbar.«

Susanna fiel der Weg ein, den sie gesehen hatte, als ihre Eltern für die Weihnachtsbaumsuche im Wald verschwunden waren.

»Ich habe mich in der Einfahrt vertan. An der deines Großvaters muss ich vorbeigefahren sein, weil sie nicht geräumt ist«, erklärte Jörgen. »Dann bin ich die nächste rein, und so landete ich bei Frau Nyberg. Sie war so freundlich, mich mitsamt dem Gepäck hierherzufahren. Vielen Dank nochmals!«

»Keine Ursache. So, ich muss los. Und wir sehen uns nach Weihnachten, Carl?«

»Natürlich. Das tun wir!« Carl-Johann Gustavsson ging auf sie zu und küsste sie auf die Wangen. »Pass auf dich auf und frohes Fest. Grüße deine Familie.«

»Du auch. Und feiert noch schön. *Hej då!*«

Damit streifte sich Frau Nyberg ihre Kapuze über und setzte die Schneebrille auf. Zum Abschied hob sie lächelnd die Hand.

»Eine sehr sympathische Frau«, bemerkte Susanna schmunzelnd. »Sie wirkt souverän und äußerst patent auf mich.«

»Ja, das ist sie«, sagte Carl-Johann Gustafsson beinahe verträumt. Er fasste sich wieder. »Und Sie, Jörgen, wenn es mir erlaubt ist, das zu sagen, machen mir auch nicht den allerschlechtesten Eindruck.«

»Oh, das freut mich«, gab der lachend zurück. »Und vielen Dank für die Einladung.«

»Gern geschehen. Sie haben nach Ihrer langen Reise mit Sicherheit Hunger. Kommen Sie. Alfred und Magda haben für Sie bestimmt noch ein Gedeck und eine Portion des Weihnachtsessens übrig.« Carl-Johann Gustafsson nickte Alfred auffordernd zu und ging zurück in den Speisesaal. Susanna und Jörgen waren allein.

»Du bist das schönste Weihnachtsgeschenk, das ich mir vorstellen kann«, flüsterte Susanna leise und zog Jörgen an sich.

»Ich bin auch froh, hier zu sein. Es fühlt sich richtig an. Und meine Eltern haben Verständnis. Du bist da. Ich bin glücklich.«

Als Susanna die Augen schloss und Jörgen küsste, fühlte sie, dass Liebe und Hoffnung Grund genug waren, um leben zu wollen. Und war Weihnachten etwas anderes als das?

25. Dezember
Erster Weihnachtsfeiertag

16

Es hatte aufgehört zu schneien. Alfreds Trecker war wie durch ein Weihnachtswunder plötzlich wieder intakt, und so hatte er noch vor Sonnenaufgang damit begonnen, den Weg bis zur Straße zu räumen.

Jörgen und Susanna hatten sehr lange geschlafen und zusammen gefrühstückt, sie waren – bis auf Alfred und Magda – allein im Haus, denn die gesamte Familie war in die Frühmesse nach Stallarholmen gegangen. Jörgen hatte seine Hände hinter dem Rücken verschränkt und stand in der Eingangshalle vor dem Gemälde mit den Engeln und den ehrfürchtig dreinblickenden Menschen. Susanna stand neben ihm und hatte den Kopf an seine Schulter gelehnt.

»Du hast mir nicht zu viel versprochen. Es hat wirklich etwas Magisches«, stellte Jörgen beeindruckt fest.

»Ja, das hat es«, stimmte Susanna zu.

Jörgen drehte sich sanft zu ihr. »Bist du glücklich?«

»Mit dir?«

Er lächelte. »Diese Antwort fühle ich. Nein, ich meine mit deiner Familie. Glaubst du, es wird funktionieren?«

»Dass sie sich vertragen?«

»Ja.«

»Ich kann mir vorstellen, dass es tatsächlich funktioniert. Sie haben sich sehr geschämt und sind intelligent genug, den Grund dafür zu erkennen. Wenn sie sich endlich alle zusammenreißen, könnte es klappen. Dazu kommt, dass mein Großvater eine sehr weise Entscheidung getroffen hat.«

»Das mit der Firma?«

Susanna nickte.

Jörgen küsste sie auf die Wange. »Du kannst stolz auf dich sein. Ohne dich wäre das alles hier den Bach runtergegangen.«

»Und es hätte meinem Großvater das Herz gebrochen«, fügte Susanna hinzu.

»Er scheint ein guter Mensch zu sein«, sagte Jörgen.

»Ist er das schon immer gewesen?«, fragte Susanna halblaut. Sie dachte kurz nach. »Mein Herz sagt ja, aber ich weiß es wirklich nicht. Wir haben uns alle verändert und es nicht bemerkt. Da nehme ich mich selbst nicht aus und ihn auch nicht.«

»Ach? Warst du vorher noch hübscher und sympathischer?«, fragte Jörgen.

»Ganz erheblich.«

Sie lachten und küssten sich.

»Ich danke dir für das Geschenk für Carl-Johann«, sagte Susanna.

»Es war doch deine Idee«, wiegelte Jörgen ab.

»Mag sein, aber ohne dich wäre es dabei geblieben.«

»Aber eine ziemlich coole. Dem Jungen einen Gutschein für einen Hubschrauberflug mit seinen Eltern zu schenken … das verbindet. Einfach genial!«, sagte Jörgen. »Dass du dich daran erinnert hast, dass mein Cousin Helikopterpilot ist – Respekt. Ich hatte das nur einmal beiläufig erwähnt.«

Susanna lächelte. »Ich habe vor dem Jungen damit geprahlt, ich würde einen Piloten kennen und hätte Ahnung von Luftfahrt. Ich musste doch meine Ehre retten. Außerdem war es dein Cousin, der telefonisch spontan zugesagt hat, mit den dreien im Januar eine Runde zu drehen.«

Die Küchentür öffnete sich und Alfred trat heraus. Er schob unter leisem Klirren einen Servierwagen vor sich her. »Haben Sie noch einen Wunsch?«, fragte er, als er die beiden erreicht hatte.

»Nein.« Susanna schüttelte den Kopf. »Außer vielleicht den, Ihnen zu danken.«

Alfred zog die rechte Augenbraue etwa drei Millimeter nach oben.

»Für Ihre Notlüge mit dem Trecker zum Beispiel«, fuhr sie fort, »oder dafür, dass Sie trotz widriger Umstände mit Magda den Tisch so herrlich eingedeckt und den ganzen Abend derart perfekt organisiert haben. Danke.«

»Das ist mein Beruf«, erklärte Alfred knapp und scheinbar ungerührt.

Susanna sah ihm tief in die Augen. »Ist es auch Teil Ihres Berufs, verbannte Gemälde vom Dachboden zu holen und ungefragt aufzuhängen?«

»Ich weiß wirklich nicht, was Sie meinen, *Fröken* Gustafsson. Wie ich Ihnen bereits sagte, ich bin davon überzeugt, dass Liebe und Hoffnung das Wichtigste sind, das wir besitzen. Ich habe nur einen alten Rahmen mit etwas Leinwand gefunden. Mehr nicht. Und scheinbar wollte Gott, dass alles gut wird. Es ist doch Weihnachten.«

Für einen Augenblick lächelte Alfred sanft, dann schob er den leise klirrenden Servierwagen an den beiden vorbei, hinüber in den großen Saal.

Susanna und Jörgen betrachteten andächtig das Bild.

»Es ist irgendwie unfassbar ... so schön in sich«, sagte er.

Susanna nahm seine Hand. »Ja, das ist es. Die ganze Komposition ist ...« Sie zögerte, ließ Jörgens Hand plötzlich los und ging näher zum Bild. »Das gibt's doch nicht.«

»Was ist denn los?«, fragte Jörgen.

Susanna deutete auf das Bild. »Sieh nur. DieÖlleuchte in der Hand des Vaters, der mit seiner Familie und den Tieren im hölzernen Unterstand ehrfürchtig zu den Engeln aufblickt.«

»Was ist damit?«

»Sie … sie brennt.«

Jörgen sah sie etwas verwundert an. »Äh, das ist in der Regel der Sinn einer Lampe. Meinst du nicht?«

»Doch, doch, natürlich, aber …«

»Was meinst du dann?«

»Ich könnte schwören, dass sie gestern noch nicht gebrannt hat.«

Jörgen schmunzelte. »Du meinst, jemand hat sie über Nacht angezündet?«

Susanna schwieg, konnte ihren Blick nicht von der Lampe abwenden. »Ich weiß, das klingt verrückt … aber ja, vielleicht.«

Er nahm Susanna in den Arm. »Manchmal sehen wir die Dinge so, wie wir sie sehen wollen. Du bist doch die, die malt. Das müsstest du wissen.«

Susanna sah Jörgen lange an. Sie strich ihm sanft über das Gesicht und lächelte. »Du hast recht. Komm, lass uns spazieren gehen. Das Wetter ist herrlich.« Sie hakte sich bei ihm unter und zog ihn sanft in Richtung Haustür.

Doch noch während sie gemeinsam zur Garderobe gingen, drehte Susanna sich verstohlen um und warf einen letzten Blick auf das Gemälde.

Erleichtert atmete sie aus. Die Ölleuchte brannte noch immer. Und sie hoffte, sie würde nie wieder verlöschen.

Epilog

Alfred reparierte übrigens gleich nach den Weihnachtsfeiertagen und im Auftrag von Carl-Johann Gustafsson den Scheinwerfer von Susannas Auto. Ein ganz neues Fahrzeug lehnte sie ab.

Alma Nyberg küsste Carl-Johann Gustafsson am Silvesterabend das erste Mal – und es fühlte sich gut an. Die ganze Familie feierte gemeinsam Neujahr, obwohl es ganz anders geplant gewesen war.

Der Hubschrauberrundflug mit Jörgens Cousin war aufregend. So aufregend, dass Carl-Johann Gustafsson junior spontan beschloss, Pilot zu werden. Seine Eltern, Ingemar und Anita Gustafsson, brachten dafür und für vieles andere großes Verständnis auf. Dies führte dazu, dass sein bis dahin unentdecktes Talent für Naturwissenschaften endlich erkannt wurde; Carl-Johann Gustafsson junior kam wenig später auf eine andere Schule.

Jan-Erik hörte auf zu trinken, trennte sich aber trotzdem von Viola (oder deswegen?). Er ging für zwei Jahre zum Mutterkonzern seines Arbeitgebers nach England.

Stefan und Sofia Gustafsson trafen sich von da an monatlich mit Susannas Eltern, Magnus und Birgitta, um über das Geschäft zu sprechen. Bengt war ebenfalls dabei.

Er lernte einen wunderbaren Mann kennen, war aber weiterhin eng mit Lisa befreundet.

Susanna und Jörgen kamen zusammen und waren sehr glücklich. Sie planten eine gemeinsame Reise in die USA und nach ihrer Rückkehr ein Kind.

Die Ölleuchte brannte noch immer. Susanna hatte sich anfangs jedes Mal, wenn sie am Bild vorbeikam, dessen versichert, doch irgendwann *wusste* sie es einfach und schaute nicht mehr nach. Wie man sich täuschen kann. Oder?

Nachwort des Autors

Die meisten von uns haben eine Familie. Das lässt sich schon aus biologischen Gründen kaum vermeiden. Und die meisten von uns feiern obendrein Weihnachten. Zumindest in irgendeiner Form. Zwei Umstände, welche die Wahrscheinlichkeit einer Geschichte, wie sie in diesem Buch erzählt wird, beträchtlich erhöhen. Dazu braucht es weder ein großes Vermögen, wie es Carl-Johann Gustafsson besitzt, noch ein großes Anwesen wie den Riksgården. Ein Reihenhaus oder eine Zweizimmerwohnung genügen vollkommen. Auch dort kann man sich trefflich streiten. Es kommt allein auf die Menschen an.

Die an einem misslungenen Weihnachtsfest beteiligten Personen sollten ernsthaft bestrebt sein, drei dramaturgisch essenzielle Dinge strikt zu beachten: Erstens, sie sollten möglichst versuchen, die eigenen Schwächen zu überspielen (das ist prima, weil es dauerhaft garantiert nicht funktioniert). Zweitens sollten sie von anderen stets das Schlechteste annehmen (das ist eine leichte Übung, glauben Sie mir). Und drittens empfehle ich, möglichst etwas im Schilde zu führen (zum Beispiel kann man sich bemühen, andere heimlich zu übervorteilen; auch ein gut gepflegter und überspielter Minderwertigkeitskomplex verrichtet treue Dienste). Hören Sie auf mich, dann klappt das schon. Versprochen.

Doch nun zu Schweden. Dort wird Weihnachten in etwa so gefeiert, wie ich es beschrieben habe. Abgesehen von kleineren regionalen, familiären und religiösen Unterschieden, Ritualen und Interpretationen, wie bei uns auch. Einzig das Lichterfest *Lucia* am 13. Dezember, welches wir hier kaum zur Kenntnis nehmen, wird in Schweden ganz groß begangen, wohingegen der Nikolaus am 6. Dezember quasi ausfällt. Gut, der hat ja auch bei uns wirklich genug zu tun.

Am 25. Dezember gehen viele Schweden tatsächlich in die Frühmesse, seltener als bei uns besucht man die Mitternachtsmette in der Heiligen Nacht.

Der Brauch, sich reichhaltig zu beschenken, war in Schweden lange Zeit wenig verbreitet, hat sich aber in den letzten Jahrzehnten ebenfalls durchgesetzt. Der Rubel rollt eben auch im hohen Norden, obwohl er da Krone heißt.

Die Sache mit den elektrischen Lichterketten wird vom überwiegenden Teil der Bevölkerung auf einem beängstigenden Niveau betrieben. Diese emotionalen

Hilfsmittel aus der Steckdose werden in Schweden erheblich exzessiver verwendet als in Deutschland, auch wenn wir aufholen, wie ich von Jahr zu Jahr beobachten kann. Die gefühlten zweihundert Meter, die Hausdiener Alfred am Gutshaus montiert hat, sind jedenfalls nicht aufsehenerregend viel für ein schwedisches Durchschnittsgebäude im Dezember. Und das ist keine Übertreibung, glauben Sie mir.

In Schweden gibt es zwischen neunzig- und einhunderttausend Familien mit dem Nachnamen Gustafsson, auch wenn wahrscheinlich keine von ihnen einen Kunsthandel in Stockholm betreibt – wenigstens habe ich bei meinen Recherchen nichts gefunden, das darauf hinwies. So oder so, eine Ähnlichkeit mit lebenden oder verstorbenen Personen oder Unternehmen war von mir keinesfalls beabsichtigt und wäre reiner Zufall.

Anders verhält es sich mit dem Mälaren und dem relativ wohlhabenden Städtchen Stallarholmen. See und Ort existieren wirklich; lediglich das Gut Riksgården ist meiner Fantasie entsprungen.

Auch ein urtraditionelles Weihnachtsessen, das *Julbord,* läuft in punkto Speisenfolge so ab, wie es die Gustafssons zu sich nehmen. Lediglich die Bratäpfel passen da nicht hinein. Die habe ich ehrlich gesagt eingeschmuggelt, weil ich sie selbst so gerne mag, das klassische Rezept dafür habe ich etwas abgewandelt. Dafür lasse ich Susanna Lakritze essen, was ich persönlich strikt ablehne, weil ich das – neben *Surströmming* – für einen der größten Fehltritte halte, die in der Geschichte der schwedischen Kulinarik je passiert sind.

Ob es den Weihnachtsmann gibt, steht außer Frage. Nein, den gibt es nicht. Er ist ein geniales Hirngespinst der Marketingabteilung der Firma Coca-Cola aus den Fünfzigerjahren des vergangenen Jahrhunderts. Deshalb schlage ich vor, dass wir diese unbestrittene Tatsache einfach aus- und dafür den alten Sankt Nikolaus einblenden. Einverstanden? Sonst wird's gleich so unromantisch.

Satire beiseite. Letztlich spielt all das keine Rolle für das Wesentliche. Endscheidend ist ja nicht die Figur, sondern allein der Gedanke, den sie verkörpert, indem wir fest daran glauben. Im Idealfall sind das Liebe und Hoffnung. Probieren Sie es aus. Es ist gar nicht so übel …

God Jul wünscht Ihnen Lars Simon!

Dramatis Personae
Carl-Johann
Linnéa †
Birgitta
Magnus
Stefan
Sofia
Lisa
Bengt
Jan-Erik
Viola
Susanna
Jörgen
Ingemar
Anita
Carl-Johann Junior
FAM. GUS TAFS SON
Frau Nyberg
Nachbarin
Alfred
Hausdiener
Magda
Köchin
Weihnachtsmann